시간의 길이

시간의 길이

이혜연 수필집

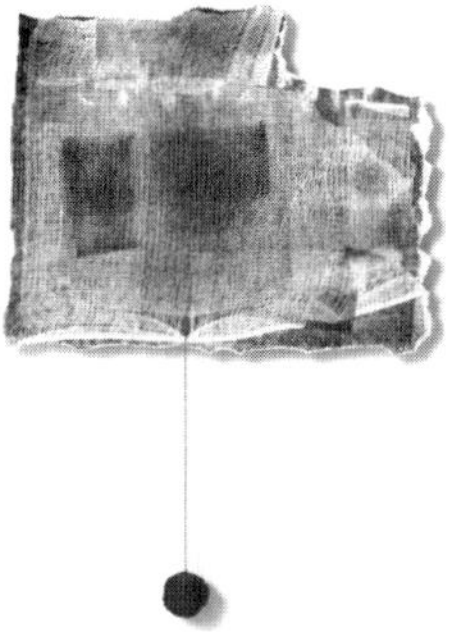

bookin

책을 펴내며

글 말리기

첫 책을 낸 지 10년이 되어 간다. 옛 말을 빌리자면 강산이 변하는 시간이다. 그 말에 맞는 구석이 있긴 있는 것 같다. 이즈음 강산이야 자고 나면 바뀌는 판국이니 10년 터울을 두는 것이 가당찮게 되었지만, 그 강산의 일부인 나는 그만큼의 시간을 거치면서 변화를 겪었기 때문이다. 두 번째 책을 준비하면서 새삼 깨닫게 된 사실이다.

등단하고 첫 번째 책을 내기까지는 참 할 말이 많았던 것 같다. 보는 족족 글감이어서, 또 설익은 감상과 생각을 서정이고 사유라 착각하여 넌출처럼 함부로 글 줄기를 뻗었다. 넌출이 무엇이던가? 기생식물 아니던가. 언젠가부터 내가 수필이라는 나무에 기대어 살아가는, 종국에는 수필이라는 나무를 고사시키고 말 기생식물 같다는 생각이 들었다.

한 그루 우뚝한 나무가 되고 싶었다. 때가 되면 무성한 나뭇잎을 버릴 줄 아는, 그리하여 튼실하게 몸피를 불려나가는, 뿌리 깊게 내리고 천천히 자라는 나무가 되고 싶었다.

언감생심. 그것이 터무니없는 바람이었다는 것을 깨달으면서 글 쓰는 일이 버거워졌다. 한두 줄이면 족할 얘깃거리에 무슨 너스레를 떨려 하는가 회의가 들었다. 어느 소설가의 말처럼, 장대높이 선수가 바를 넘을 때 장대를 버리듯이, 말을 버려 말을 넘어서고 싶었다. 하지만 아무 때나 장대를 버려서도 안 될 뿐더러, 장대를 버린다고 누구나 바를 넘을 수 있던가?

그만 쓰고 싶었다. 그럼에도 여직 붓을 꺾지 못하고 있다. 내 삶의 의미가 송두리째 사라질 것만 같아서다. 궁여지책으로 말을 버리는 대신 글을 말려보기로 했다. 햇볕에 물기를 말려 묵나물을 만들듯 오랜 동안 묵혀두고 불필요한 말들을 덜어내는 것에 만족하기로 했다. 아삭, 하는 신선함은 없어도 몇 번 씹으면 얼핏 맛이 느껴지는 그런 글이라도, 하는 바람을 품어보기로 한 것이다.

수록할 글의 수를 헤아려 보니 너무 적어 민망하다. 위에 나열한 말들은 모두 변명이요, 핑계일 뿐 오로지 게으름의 소산이다. 작가라는 꼬리표를 단 사람으로서 직무유기다. 그럼에도 용기를 내본다. 앞으로 다시 책을 낼 기회가 있을까 싶어서다. 맹난자 선배의 독려와 도서출판 '북인' 조현석 대표의 배려가 큰 힘이 되었다. 모자란 글임에도 기꺼이 발문을 써주신 맹 선배님께 감사의 말씀을 올린다.

살아계실 때 집착이라며 모질게 뿌리쳤던 어머니의 사랑이 그립다. 이 책을 어머니 강갑진 여사의 영전에 바친다.

2017년 성하, 검단산자락에서

이혜연

차례

제3부 고독의 조건

제4부 다시 생각하기

제1부

없음의 힘

능소화가 필 무렵이면

감히, 하늘을 넘보던 기세는 어디로 간 것일까. 능소화가 담벼락 위에서 어기적거리다 그만 발을 헛디딘 모양이다. 한 줄기가 땅바닥을 향해 곤두박질하고 있다. 하지만 그 오기가 어딜 가겠는가. 허공에 매달려서도 코끝을 바짝 세우고 하늘을 올려다보고 있다.

피식 웃음이 나온다. '제까짓 게……' 하면서도 그 당돌함이 귀엽고 대견한 것이다. 나는 언제, 한 번쯤이라도 무모함을 꿈꾸어본 적이 있었던가? 둥치도 없는 꽃나무에게 그만 시르죽고 만다.

흔히들 능소화를 농염한 여인에 빗대곤 한다. 하지만 나는 그 꽃을 보면 애잔한 마음이 든다. 그 단정함이 도리어 가슴 아픈 것이다. 단정하기로 들면 동백꽃도 마찬가지지만, 노을빛 같은 빛깔 때문일까, 능소화에게서는 못 다 피운 정염 같은 것이 느껴져 애처롭다. 게다가 하늘을 넘보는 부질없는 자존이라니…….

초등학교 입학 무렵이었지 싶다. 아랫집에 전주댁이라 불리는 아주머니가 살고 있었다. 문간방이 딸린 자그마한 한옥이었는데, 마당 한가운데에는 붉은 벽돌로 된, 꼭대기에 기와를 얹은 굴뚝이 있었다. 집 높이와 맞먹을 만큼 높은 그 굴뚝을 온통 능소화나무 줄기가 휘감고 있었다. 여름으로 들어설 무렵이면 그 굴뚝은 한 그루 능소화나무로 변했다. 꼭대기까지 치닫다 기댈 곳을 잃어버린 덩굴손들이 휘늘어져 수형은 어수선했지만, 진초록 잎과 주황빛 꽃송이의 생김새가 워낙 단정하고 낙화가 깔끔하기 때문인지 전혀 산만한 느낌이 들지 않았다.

그 꽃에 이끌렸을까, 나는 전주댁 아주머니의 수양딸인, 나보다 열 살 남짓 많았던 길자 언니와 놀고 온다는 핑계로 그 집을 자주 찾았다. 대부분 저녁 무렵이었던 것 같다. 저녁 연기가 나지막이 깔리고 밥 짓는 냄새와 함께 장독대 옆 작은 텃밭에서 갓 따온 가지와 풋고추의 풋내가 코끝을 간질이면, 공연히 허기가 들어 부엌 앞을 얼쩡거렸다. 그러면 길자 언니가 날 가지를 툭 분질러 한 조각 건네주었다. 냄새에 대한 기억은 유별한 것일까. 그 가지의 풋내가 지금도 코끝에 생생하다. 어스름이 짙어갈수록 능소화의 주황빛은 더욱 선연하게 빛났다.

그 꽃만큼이나 내 기억에 선명하게 남아 있는 것은 전주댁 아주머니의 모습이다. 아주머니는 늘 단정하게 쪽진 머리에 한복 차림이었다. 옷은 대부분 흰 저고리에 무색치마로 소박했지만, 구김살이나 얼룩 하나 찾아볼 수 없을 만큼 정갈하게 손질이 되어 있었다.

어찌된 사연인지는 알 수 없으나 아주머니는 혼자 몸이었다. 첩실이었다는 소문이 돌기도 했다. 아주머니는 길자 언니를 부엌아이 겸 수양딸로 삼아 사셨다. 나를 무척 예뻐하셨고 그러다보니 어머니와도 교분을 쌓게 되었던 것 같다.

어느 날인가 우연히 어른들이 수군거리는 소리를 듣게 되었다. 혀를 끌끌 차기도 하고 쿡쿡 웃기도 하면서 하는 얘기가 전주댁 아주머니에 대한 것이었다. 새 연분을 만들어주려고 남정네를 소개시켜 주었는데 그 자리에 아주머니가 예의 그 쪽진 머리에 한복 차림으로 나왔다는 것이었다. 게다가 쪽머리 뒤쪽에 실이 달린 바늘을 꽂았더라고 했다. 남자는 식겁을 하여 꽁무니를 빼고 말았다. 하이칼라 여성을 기대하고 나왔다가 차림새에 적이 실망을 하던 차에, 머리에 꽂힌 바늘까지 보았으니 실색할 만도 했다. 어찌 바늘을 꽂고 나갔느냐 했더니, 바느질도 잘 하는 솜씨 좋고 조신한 여인이라는 것을 보여주고 싶었다는 것이다.

철 따라 지아비에게 손수 옷을 지어 입히는 아낙. 푸새에 다듬이질에, 인두질에 혹은 숯불 다리미질에, 이마에 송글송글 땀방울이 맺히도록 온갖 정성 다하여 지은 옷을 떨쳐입고 나서는 지아비를 흐뭇한 눈길로 배웅하는 여인. 어쩌다 함께 나들이라도 할양이면, 한 올 흐트러짐 없이 머리 쪽지고 단아한 한복 차림으로 지아비 뒤를 두어 걸음 떨어져 다소곳이 따르는 여인. 그것이 아주머니가 꿈꾸는 지어미의 모습이며 부부상이었을까?

얼마 후 길자 언니는 집을 나가버렸고 아주머니는 혈혈단신이 되었다. 그 후로도 해마다 능소화는 피고 졌고 아주머니의 차림새도 변함이 없었다. 몇 해 뒤 우리 집이 이사를 하면서 아주머니에 대한 소식은 더 이상 듣지 못하게 되었다. 하지만 능소화가 필 무렵이면 굴뚝을 휘감고 돌던 주황빛 꽃송이들과 함께, 쪽진 머리에 정갈한 한복 차림으로 흰 고무신을 신고 댓돌을 내려서던 아주머니의 모습이 선히 떠오르곤 한다.

하늘[霄]을 넘보는[凌] 꽃, 능소화凌霄花.

본댁이 되고 싶었던, 어쩌면 끝내 이루지 못했을 전주댁 아주머니의 꿈이 노을빛 꽃송이 위에 애처롭게 얹혀 있는 것만 같다.

없음의 힘

어둑새벽, 산사山寺의 뜰.

등 굽은 노승이 비질을 한다.

'싸그락 싸그락…….'

싸리비 마당을 스칠 때마다 고요 그만큼씩 무너지고, 흙먼지 연기처럼 일었다 스러진다.

능선 너머 희붐하게 밝아오는 빛, 조심스레 정갈한 마당에 발을 들이면 문득 울리는 범종 소리. 도량을 돌아 굽이굽이 산을 넘으며 삼라만상을 깨운다.

운보 김기창의 화집을 뒤적이다가 그림 하나에 눈길이 멎었다.

〈새벽 종소리〉였다. 그런데 그림 어느 구석에서도 종은 보이지 않았다. 구부정한 어깨로 비질을 하고 있는 스님 한 분과, 암자 한 채, 그리고 삼층석탑 뒤로 병풍처럼 둘러서 있는 청록빛 산들이 성긴 붓질로 그려져 있을 뿐이었다. 여백을 메우고 있는 것은 엷은 오렌지 빛. 여명이다. 그런데 그 그림에서는 종소리가 들렸다. 비질하는 노승과 오렌지 빛 여백. 운보는 그 두 가지만으로 새벽에 울리는 산사의 종소리를 그려낸 것이다.

여덟 살 때 열병을 앓아 청력을 상실한 운보. 아마도 그는 청력을 잃기 전 어느 여름날 외할머니를 따라 산사에 머물렀던 적이 있었을 것이고, 고요한 새벽에 들었던 종소리가 기억 속에 깊이 각인되어 있었을 것이다.

운보의 작품에는 소리를 그린 것들이 꽤 있다. 〈군작도群雀圖〉〈군마도群馬圖〉〈군해도群蟹圖〉가 그러하고, 〈정청靜聽〉〈아악雅樂의 리듬〉〈흥락도興樂圖〉, 그리고 돌돌 흐르는 개울물과 소잔등에 올라 피리를 불고 있는 아이가 자주 등장하는 청록산수들이 또한 그러하다. 그 그림들에는 모두 소리를 내는 대상이 묘사되어 있다. 하지만 〈새벽 종소리〉에는 그 대상이 보이지 않는다. 들을 수 없는 소리를 보이지 않는 대상으로 표현해낸 것이다. 그래서일까, 그 그림에는 소리에 대한 그리움이 더욱 절절히 배어 있는 것 같다.

없음의 힘이 그림에만 머물까?

당나라 때 시인 백거이는 강주사마로 좌천된 다음 해 가을 밤, 손님을 배웅하러 심양강가에 이른다. 배에 올라 손님과 이별주를 나누는데 음악이 없어 쓸쓸하고 울적하다. 그때 홀연히 강 위에서 비파 소리가 들려온다. 소리를 더듬어가 배를 가까이 댄 다음 한 곡조 더 들려줄 것을 간곡히 청한다. 마침내 얼굴을 반이나 가린 여인이 배 안에서 비파를 안고 나와 앉는다. 줄을 고르며 두어 번 현을 튕기는데 곡조도 이루어지지 않은 그 소리에서 예사롭지 않은 기운이 느껴진다.

이윽고 연주가 시작된다. 현을 절제하며 소리소리 생각이 깃드니 마치 평생에 얻지 못한 뜻을 하소연하는 듯하다. 때론 소낙비처럼, 때론 속삭임처럼 크고 작은 소리들이 어우러져 마치 큰 구슬 작은 구슬이 옥반에 떨어지는 듯하고, 봄날 꾀꼬리 소리처럼 매끄러운가 하면 얼음 밑을 흐르는 여울물 소리인 듯 그윽하더니 갑자기 물이 얼어붙어 흐름을 멈추듯 현이 한데 엉키며 소리가 끊어진다. 이어 흐르는 침묵. 그런데 어쩐 일일까. 그 소리 없음에서 도리어 깊은 한이 풍겨 나온다.

차시무성승유성此是無聲勝有聲

불후의 명작으로 꼽히는 〈비파행琵琶行〉에서 백거이는 이 침묵을

'소리 없음이 소리 있음을 능가한다'라 했다.

〈비파행〉에 등장하는 이 여인은 한때 장안에서 손꼽히던 기녀였다. 13살에 비파를 배워 일가를 이루면서 교방教坊 제일부第一部에 속하게 된다. 온갖 찬사와 함께 금붙이며 비단이 쏟아지던 시절이 꿈같이 흐르고 나자 몰락의 길이 이어졌고 마침내 늙어 장사치의 아내가 되었다. 장사치는 이윤만을 좇아 떠돌 뿐 음률에는 관심이 없다. 늦은 밤, 강가를 서성이다 홀로 빈 배에 앉아 있으려니 달빛은 밝고 강물은 차다. 문득 젊은 시절을 되돌아보니 서러움이 가득 차올라 비파로 마음을 달래본다.

좔좔 흐르던 물이 얼어 멈추듯 소리가 끊어진 것은 나락으로 떨어진 지금 자신의 신세를 말함이요, 뒤를 이어 흐르는 침묵은 회한이다. 여인은 그 심경을 소리 없음으로 대신하였고 백거이는 그것을 읽어낸 것이다.

취중읍하수최다 강주사마청빈습就中泣下誰最多 江州司馬青衫濕

(그중에도 누가 가장 많이 울었는가, 강주사마 푸른 소매가 흠뻑 젖었음이라)

〈비파행〉의 마지막 구절이다.

운보는 여백으로 그리움을 그려냈고, 〈비파행〉 속의 여인은 묵음默音으로 한을 풀어내었다. 절절함이 크면 마침내 비워지는 것일까. 붓으로, 소리로 다 할 수 없는 것과, 다시 돌아갈 수 없는 것에 대한 간절함을 그들은 '없음'으로 대신한 것이다.

마논트로포

죽은 오늘도 어김없이 대접에 한가득 담겼다. 어이가 없어 피식 웃고 말았다. 삼 분의 일쯤 덜어내었다. 덜어낸 죽을 물끄러미 바라보았다. 그 놈도 나를 빤히 바라보면서 "한심한……" 하며 혀를 끌끌 차는 듯했다. 거의 매일 아침 되풀이되는 이 어리석은 짓거리가 한심하기는 나도 마찬가지다.

아침이면 국이나 물에 밥을 넣어 끓여 먹은 지 일 년여이다. 오래전부터 위가 좋지 않아 밥 반, 죽 반의 질은 밥을 좋아하게 되었으나, 아침은 그마저도 부담이 되어 그런 것이다. 그런데 매번 밥의 양이 문제였다. 한 주걱 넣으면 적당할 것을 꼭 반 주걱쯤 더 넣게 된다. 다 된 죽을 그릇에 담다 보면 후회막급이다. '더 넣지 말 걸…….'

잃어버린 몸무게를 되찾고 싶은 조급한 마음에 한 그릇 다 비우고 나면 으레 탈이 났다. 체중은 그래서 늘 제자리걸음이거나 뒷걸음질이다. 그런데도 이런 어리석은 행태가 매번 되풀이되고 있는 것이다.

언젠가 텔레비전에서 신인 탤런트 선발 과정을 본 적이 있다. 면접과 장기자랑이 끝나고 마지막으로 연기력 테스트가 있었다. 눈물 연기였다. 지망생들은 주어진 대사에 열중하여 몸짓으로, 표정으로 슬픔을 표현해내려 나름 애를 썼다. 그런데 그중 한 사람이 연기에 너무 몰입한 나머지 대사가 끝난 후에도 한동안 눈물과 흐느낌을 멈추지 못했다. 저 정도 끼면 당연히 합격이리라 지레 짐작을 하고 있는데 심사위원은 뜻밖에도 불합격 판정을 내렸다. 감정을 주체하지 못할 정도의 지나침은 오히려 연기에 독이 된다는 것이었다. 감정이입이 빠르고 자유로워야 하는 것이 연기자다. 한 감정에의 지나친 몰입은 다음 연기에 지장을 준다는 얘기인 것 같았다. 한편 그것은 관객의 입장에서 보내는 경고이기도 했다. '배우는 과장을 경계할수록 그만큼 더 비극적 인물에게 힘을 실어줄 수 있다'던 카뮈의 말처럼 연기자의 표현이 지나치면 도리어 관객의 몰입을 방해할 수 있다는 말이 될 것이다.

음악 용어 중에 '마 논 트로포Ma Non Tropo'라는 게 있다. '그러나 지나치지 않게'이다. 빠르게 그러나 지나치지 않게Allegro Ma Non Tropo, 느리게 그러나 지나치지 않게Adagio Ma Non Tropo. 작곡가가 이미 고인이 되어 없고 보니 그가 원하는 '지나치지 않게'가 어느 정도를 의미하는지 애매하기 짝이 없어 보인다. '빠르게'나 '느리게'도 연주자 혹은 지휘자에 따라 해석이 다르거늘 하물며…….

지나침을 경계할 때 흔히 쓰이는 말이 '과유불급過猶不及'이다. '지나치면 도리어 이르지 못한다'라는 뜻이다. 내가 밥 반 주걱을 더 넣어 오히려 체중의 손실을 불러온 것이나, 연기지망생이 과도한 연기 몰입으로 탈락의 고배를 마신 것이나 다 지나침의 소산이다. 절제의 도를 터득하지 못한 것이다.

어떤 때는 사는 것이 수행이라는 생각이 든다. 곧잘 도를 지나치고, 그래서 후회하고 반성하고 다짐하지만 또 다시 지나치고……. 그러나 그런 과오를 숱하게 저지르며 살다 보면 더러는 어떤 경지에 이르기도 한다고 한다. 그것이 '종심소욕불유구從心所慾不踰矩(마음이 하고자 하는 대로 해도 법도에 어긋남이 없다)'이다. 어떤 행동을 해도 지나침이 없을 만큼 마음 단련이 잘 되었다는 얘기인데, 아무나 얻을 수 있는 경지도 아닐 뿐더러, 설령 얻어진다 해도 칠십 나이나 되어서야 가능하다 하니 그 나이가 될 때까지 우리는 도대체 얼마나 많이 마음이 하고자 하는 바를 억제하는 괴로움을 감수해야 하는 것일까.

나는 그리그의 〈피아노협주곡 A단조〉를 좋아한다. 그 중에도 1악장 도입부의 폭풍처럼 강렬하고도 열정적인 피아노 독주를 들으면 가슴이 후련해진다. 오래 전, 우연히 라디오를 통해 듣고 매혹되어 한걸음에 음반을 구입하러 갔었다. 여러 연주자의 것이 있어 망설이다가 거장의 것을 골라 들었다. 하지만 들어보니 그날 내 가슴을 뛰게 했던 그 연주가 아니었다. 다른 두 유명 연주자의 것들도 마찬가지였다. 조금 지나치다 싶을 만큼 강렬한 터치를 기대했지만 세 연주 모두 만족스럽지 못했다. 당시 연주자의 이름을 기억해두지 않았던 것이 몹시 후회가 되었다. 내 심금을 울렸던, 지나치다 싶을 만큼의 강렬한 터치는 유명 피아니스트의 손끝에서 나온 것이 아니었던 것이다.

짧지 않은 세월을 살아오는 동안 참 많은 것들을 억누르며 살아왔다. 가족의 일원이 되기 위해서, 사회의 일원이 되기 위해서. 그러다 보니 어느덧 불유구不踰矩의 나이가 코앞에 와 있다. 억울한 생각이 든다. 밥 반 주걱 같은 사소한 지나침이 아니라 한 번만이라도 제대로 크게 지나쳐서 제대로 큰 사고 한 번 쳐볼 걸, 하는 후회가 드는 것이다.

그리그의 〈피아노 협주곡〉 1악장에는 '마 논 트로포'라는 단서가 없다. 지나쳐도 괜찮다는 것일게다. 내가 그 협주곡의 도입부를 좋아하고 미지의 연주자의 지나칠 만큼의 강렬한 터치를 그리워하는 것은 어쩌면 내 인생에서 감히 저질러보지 못한 '트로포'에의 열망을 음악에서나마 대신 풀어보려는, 못난 심사가 아닐까.

유쾌한 칩거

낌새가 이상하다. 둥글고 부드러운 뭔가에 둘러싸인 느낌이랄까.

사위가 고요하다. 15층 높이에서 듣는 소음은 울림이 크고 깊다. 그런데 이 고요함은 뭘까?

의아한 생각이 들면서도 따뜻한 이불 속 유혹을 떨쳐버리지 못하고 뭉그적거리다가, 벌떡 일어나 앉는다. 혹시……? 거실로 나가본다. 앞 동 지붕 위로 어깨를 드러내고 건재함을 과시하던 검단산이 사라지고 없다. 안경을 쓰고 다시 쳐다본다. 순간 나도 모르게 탄성이 흘러나온다.

"눈이다!"

베란다 문을 활짝 열어본다. 세상이 온통 흰빛이다. 모든 것들이 흰빛 아래 색채와 형체를 감추어버렸다. 흰빛은 소리마저 삼켜 둥글고 순한 음색으로 되뱉어낸다. 질주하던 자동차도, 활개를 치던 사람들도 다소곳하다. 삼가고 가리느라 세상은 잠잠하다.

시원하게 기지개를 켠다. 오늘은 느긋한 마음으로 아침을 시작해도 좋을 것이다. 하얀 손님은 며칠간의 칩거를 예고하고 있다. 이런 비자발적 칩거는 자유롭고 유쾌하다.

나이가 들면서 칩거가 잦아졌다. 겨울이 특히 그랬다. 건강을 이유로 세상에서 나를 유리시킬 때면 마음이 불편했다. 누구나 수긍할 수 있는 이유가 될 수 없기 때문이다. 핑계로 읽히기 일쑤다. 우울하기도 했다. 소외감이 들어서이다. 그러나 요 며칠간의 칩거는 이유가 명쾌해서 마음이 가벼울 것이다. 이런 날이면 밥벌이에 목을 매지 않아도 되는 나이에 와 있다는 것이 고마워진다.

커피 메이커에 물을 붓는다. 블루마운틴 커피 가루를 적당량 덜어 넣고 스위치를 누른다. '블루마운틴', 하면 파란 하늘과 만년설이 덮인 산봉우리가 연상되어 기분이 상쾌해진다. 이제 조금 있으면 커피 향이 집안에 가득 퍼질 것이다.

묵은 질화로에서 향연香煙**이 모락모락 푸르게 피어올라 허공 중에 둥근 채색공 모양을 만든다. (……) 오른편에 보이는 매화는 일제히 꽃망울을 부프고, 왼편에는 차 끓이는 소리가 솔바람 소리나 노송에 듣는 빗방울 소리**

를 내며 보글보글 넘쳐흐른다.

〈눈 오는 밤〉, 깊은 산속 눈 덮인 집에서 이덕무가 누리던 이런 정취까지는 못 되더라도, 따뜻한 실내에서 눈 내린 아침 풍경을 내려다보며 갓 뽑은 커피 향에 취해보는 것도 꽤 괜찮지 않은가.

꾸르륵 꾸르륵, 물 끓어오르는 소리가 들려온다. 피식 웃음이 난다. 기존의 의성어를 가지고 시비하던 개그 프로그램이 생각나서다. 물 끓어오르는 소리를 꼭 보글보글이라고 해야 하는가? 이런 실없는 생각을 해보는 것조차 유쾌하다.

커피 기계에서 모락모락 김이 피어오른다. 푸른 향연이 아니면 어떠랴. 솔바람 소리나 노송에 듣는 빗방울 소리가 아니면 또 어떠랴. 꾸르륵거리는 소리가 잦아들면서 커피 향이 풍겨온다. 옅은 갈색 액체가 투명한 유리 포트 안에서 유혹을 한다. 위장병 때문에 커피를 마시지 않은 지 오래. 하지만 오늘만큼은 기꺼이 유혹에 넘어가주기로 한다. 반 잔쯤 컵에 따라 들고 창가로 간다. 깊은 겨울 속에서 지난 가을의 향기 같은 커피 냄새를 맡는 것도 운치가 있다.

열린 창으로 매운 기운이 들어온다. 싫지가 않다. 흰빛 때문일까, 하늘이 유난히 푸르고 명징해 보인다. 산에 드문드문 초록빛이 보인다. 무소불위 같은 흰빛도 어찌해볼 수 없는 영역이 있나 보다. 아래를 내려다본다. 오래된 벚나무가 눈꽃을 피우고 있다. 봄꽃보다 더 화려하다. 흰빛 하나로도 세상은 이렇게 아름다울 수가 있는 것을…….

설설 기는 자동차 한 대가 눈 위에 바퀴 자국을 남기고 간다. 그 자국을 따라 다른 차 한 대가 설설 기어간다. 운전자가 느끼고 있을 긴장감이 전해온다. 언젠가 눈 오던 날, 핸들을 꼭 붙들고 앞차 브레이크 등을 등불 삼아 졸졸 따라가던 기억이 난다. 그 빨간 불빛이 반딧불이같이 따뜻해 보인다는 생각을 했었다.

눈 덮인 놀이터는 고즈넉하다. 발자국 하나 없다. 펄펄 날리는 눈발 속에서 순결한 흰빛 위에 발자국을 남기며 즐거워하던 시절이 생각난다. 눈이 주는 포근함 때문일까, 아쉬움보다는 회상할 수 있는 그런 푸른 시절이 내게도 있었다는 것에 감사한 마음이 든다.

휴대폰을 켠다. 아버지께 눈 때문에 들를 수 없겠노라 말씀 드린다. 무사통과다. 몇 가지 해야 할 일들을 같은 이유를 들어 전화로 해결하고 나니 마음이 한가하다. 흰죽으로 간단히 아침을 해결하고 입가심으로 식은 커피 한 모금을 마신다.

거실 가득 햇살이 퍼진다. 흰빛 때문에 세상이 한결 환해진 것 같다. 한낮이 되면 햇볕의 성화에 눈이 녹으면서 난간 위로 똑똑 물방울이 떨어질 것이다. 비발디의 〈사계〉 중 '겨울 2악장'이 생각난다. 그 선율을 듣고 있노라면, 난로 옆 흔들의자에 앉아 눈 녹는 소리를 들으며 뜨개질을 하고 있는 여인이 연상되곤 한다. 내게는 뜨개질

재주도 없고 흔들의자도 없으니 소파에 앉아 책을 읽기로 한다.

이덕무의 청언소품집을 펼친다. 이렇게 깨끗한 날은 맑은 글이 어울릴 것이다. 담백한 문체에서 가난한 선비의 매운 슬픔이 배어나온다. 『한서』를 이불로 덮고 『논어』를 병풍으로 삼을 만큼 추운 방안에서도 읽고 쓰기를 게을리하지 않았던 그를 생각하니 칩거라 이름 지은 이런 나의 호사가 조금 부끄러워진다. 아름다운 그의 문장들을 가슴에 담는 것으로 면구함을 지워본다.

가볍고 부드러운 것의 반란으로 바깥세상은 지금 비상이 걸려 있을 것이다. 그러나 나와는 무관하다. 15층 허공, 몇 평의 공간 속에서 나는 자유롭다. 나는 잠시 후 점심으로 무엇을 해 먹을까를 고민하다가 건너편 지붕에 앉은 까치들의 끼니 걱정을 하기도 하고, 라디오에서 흘러나오는 음악을 들으며 누워도 있다가, 따끈한 국화차 한 잔을 마시며 자주 가는 인터넷 카페에 들러 댓글을 남기거나, 빈 화면 위에 생각의 부스러기들을 끼적거리기도 하면서 저녁을 맞을 것이다. 밤이 되어 창문을 열었을 때, 하얀 풍경 위로 이지러진 달이라도 한 조각 푸른 빛을 흘려준다면 더욱 좋을 것이다. 그렇게 나는 칩거의 남은 시간들을 찰스 램의 수필 「회복기의 환자」처럼 아끼며 야금야금 즐길 것이다.

손 잡고

예비 신랑신부를 좌청룡 우백호로 거느리고 금은방을 나섰다. 예물을 맞추고 나오는 길이었다. 다리에 힘이 붙고 목이 꼿꼿해졌다.

'시어머니 기세가 이런 것이로구나!'

몇 걸음이나 걸었을까, 좌청룡의 걸음이 느려지는가 싶더니 우백호가 슬그머니 뒤로 처졌다. 백화점 안이었다. 마음에 드는 물건이라도 눈에 띈 것일까? 걸음을 멈추고 뒤를 돌아보았다. 아뿔싸! 좌청룡 우백호가 꼭 붙어 나란히 걷고 있지 않은가.

'저런 철딱서니! 어른 앞에서…….'

민망해할까 보아 얼른 고개를 돌렸다. 오산이었나, 두 아이는 거리낌이 없었다. 아니, 아들아이가 그랬다는 것이 옳을 것이다.

이번엔 내가 슬그머니 뒤로 처졌다. 서로에게 머리를 기울이고 소곤대며 걸어가는 뒷모습을 바라보다가 깍지 낀 두 아이의 손에 눈이 머물렀다. 순간 목울대가 뜨거워져 왔다. 언제였던가, 내가 저 아이의 손을 놓은 것이.

눈물을 쏙 빼놓은 산통 끝에 만난 아이. 내 손안에서 꼬물대던 손가락의 여린 감촉이 아슴푸레 떠올랐다. 아니, 우리가 처음 손을 잡은 것은 걸음마를 시작하면서부터였을 것이다. 비틀거리며 첫걸음을 떼던 아이가 나를 향해 내밀던 손. 대견함보다는, 그 믿음이 황홀하여 나는 눈물을 글썽였던 것 같다. 아이는 서슴없이 내게 손을 맡겼고 그 믿음을 지키기 위해 세상물정 모르던 엄마는 고군분투했다.

언제부터였을까, 손이 허전하다 느끼기 시작한 것이. 오늘처럼, 슬그머니 뒤로 처지는 걸음처럼, 아이의 손은 슬며시 내 손을 빠져나갔다. 그 손이, 이제 새로운 손을 찾아 잡은 것이다.

버스를 타고 돌아오면서 나는 비어 있는 손바닥을 가만히 내려다보았어. 텅 비어 있을 때에도 그것은 꽉 차 있곤 했지. 수없이 손을 쥐었다 폈다 하면서 그날 밤 참으로 많은 걸 놓아주었어. 허공 한 줌까지도 허공에 돌려주려는 듯 말이야.

—「허공 한 줌」 나희덕

'그래……, 허공 한 줌 쥐었다 놓은 게지.'

슬금슬금 두 아이의 뒤를 따라가는 동안 점점 마음이 편안해졌다. 인생이라는 긴 여정에 잡을 손이 생겼다는 것은 얼마나 다행한 일인가.

어머니 약을 타러 병원에 갔다. 진료대기석에 앉아 있으려니 앞서 진료실에 들어갔던 이들이 나왔다. 간호사에게서 다음 진료에 대한 설명을 듣고 나자 아들인 듯싶은 이가 오른팔을 둥글게 만들어 환자에게 내밀었다. 안노인이 그 팔을 붙들었다. 그 모습이 낯이 익었다.

당뇨병을 앓고 계시는 어머니는 이런저런 합병증으로 병원 출입이 잦으셨다. 힘에 부친 어머니는 내 팔을 붙들었고, 그런 어머니에게 나는 무심히 팔을 내주었다. 어느 날부터인가 쇠약해진 어머니는 내 팔마저 놓으셨고 대신 어머니의 팔을 내가 붙들어 드리기 시작했다. 그러더니 이제 빈 팔, 빈손인 채로 나 홀로 병원을 찾는 날이 많아지게 되었다.

일찍이 허공 한 줌의 상실감을 주고받았던 우리 모녀. 세월을 에둘러 모녀가 다시 잡은 것은 손이 아니라 팔이었다. 그 시간의 길이는 우리가 손을 잡았던 날들의 몇 십, 몇 백 분의 일에 불과할 것이다. 그런데도 배은망덕은 때때로, 아니 번번이 팔에 전해오는 어머니의 무게를 버거워하고는 했다. 그리고 이제 그 무게에 대한 기억마저 희미해가고 있다.

대기실 밖으로 사라져가는 모자의 뒷모습을 물끄러미 지켜보았다. 무심과 애원이 절뚝거리며 가는, 그 낯익은 모습은 장차 아들아이와 내가 연출할 광경이 될 터이다.

문상을 다녀오는 길, 운전을 하던 아들아이가 신호대기로 잠시 정차한 사이에 며늘아기의 손을 찾아 잡는다. 신호가 바뀌어 차가 움직이는데도 놓을 줄을 모른다.

'그래, 부디 그 손 놓지 말거라.'

아이들이 태어나면 한동안 손을 놓아야 하리. 허공 한 줌, 두 줌, 놓아주고 나면 다시 서로의 손 꼭 붙잡거라. 서로가 서로의 무게를 감당할 수 있을 때 손은 잡을 수 있는 것이려니.

가만히 손을 들어본다. 허공도 놓아주고 어머니의 무게도 놓아버린 손이, 천근만근이다.

노래하는 길

어리둥절했다.

'내가 뭘 잘못했지?'

차의 속도를 줄였다. 양 옆 차선을 살펴보았지만 차들은 순조롭게 달리고 있었다. 고개를 갸우뚱하는 순간 또 다시 경적 소리가 들렸다. 백미러를 들여다보고 주변을 둘러보았지만 차들은 여전히 어떤 낌새도 보이지 않고 제 갈 길을 잘 가고 있었다. 다른 차에게 보냈던 경고였나 보다 생각하고 다시 속도를 높였다.

'그런데, 경음기 소리 한번 재밌네.'

노래자랑의 합격을 알리는 실로폰 소리처럼 높이가 다른 네 음으로 된 경음기 소리는 경쾌했다. "여보세요!"를 오페라 아리아식으로 부드럽게 건네는 것 같아 싫지 않았다.

다음 날도 또 그 다음 날도 예의 그 자리를 지날 때마다 그 경적 소리는 나를 두리번거리게 했다. 나는 역시 아무런 잘못도 저지르지 않았었고 그런 내 곁을 차들도 역시나 무심히 지나갔다. 창문을 열고 욕설을 퍼붓거나 흘끗 곱지 않은 시선을 던지고 앞질러 가는 차도 물론 없었다.

'환청인가? 그런데 하필 꼭 이 자리에서만?'

어느 날 지인을 옆에 태우고 그곳을 지나게 되었다. 어김없이 들려오는 그 소리. 지인이 말했다.

"우리 딸애가 그러는데, 고속도로에 졸음운전을 막기 위해서인지 이런 소리를 내게 만들어놓은 길이 있다고 하더라고요."

"!"

진위 여부는 알 수 없으나 그날 이후 그곳을 지날 때마다 찜찜했던 기분이 유쾌하게 바뀌었다.

'노래하는 길이라. 그 발상 참…….'

궁금해졌다. 어떻게 길에서 그런 소리가 날 수 있을까. 바닥에 소리 나는 무엇을 깔아 놓은 것일까.

그러다 문득 발견했다. 4차선 도로 중 두 차선만 길의 바닥 생김새가 달랐다. 매끈한 다른 길과는 달리 그 길은 소리 나는 그 부분들에만 종횡으로 골이 파져 있었다. 그것도 네 가지 음에 따라 패인 골의 결은 물론 깊이와 폭이 다른 것 같았다. 결국 그 노래는 결이 다른 길을 지나면서 타이어가 내는 마찰음이 만든 것이었다.

그날이 그날인 듯싶은 일상이었지만 돌아보면 우여곡절들이 많았다. 그로 인해 생긴 크기도 모양도 제각각이었던 상처들. 인생 또한 하나의 길일 터. 그 우여곡절들이 만든 내 길의 곡조는 어떤 것이었을까?

"연세가 어떻게 되시죠?" 하고 그가 물었다.

"마흔다섯 살."

"운이 좋으시군요."

나는 어리둥절하여 그를 쳐다보았다. 그는 스물여섯 살쯤 되어 보였다. 혹은 그보다 더 어린 것 같았다.

"운이 좋다니요? 왜?"

"그 나이까지 살아왔으니까요. 그러니 최고로 다 된 셈이죠."

—「마음의 파수꾼」 프랑스와즈 사강

소설 속 주인공보다 십수 년을 더 살아왔으니 나는 억세게 운이 좋은 셈인가.

날마다 무사안일을 빌었었다. 하지만 내 인생이 운 좋게도 여기까지 굴러올 수 있었던 것은 무사안일 때문이 아니라 우여곡절들이 던진 경고 덕분이 아니었을까.

앞으로 남은 길에도 우여곡절들은 있을 것이고, 크기도 형태도 다른 상처들은 그때마다 내게 경고를 보낼 것이다. 다만 그 경고음이 노래하는 이 길처럼 가볍게 받아들일 수 있는 경쾌한 곡조였으면 좋겠다.

동치미 한 모금

뒤를 돌아보았다. 어머니의 눈과 마주쳤다. 퀭한 눈을 힘없이 굴리며 노모는 기다리고 있었다. 나는 다시 간호사에게 매달렸다.

"한 모금만요, 네?"

"안 돼요!"

간호사는 냉정하게 돌아섰다.

"환자가 저렇게 먹고 싶어 하는데……, 한 모금만, 딱 한 모금만 드릴게요."

이내 매몰찬 대답이 따랐다.

"글쎄 안 된다고 했잖아요. 단 한 모금도 안 된다니까요."

울컥 부아가 치밀었다.

"아니 동치미 한 모금이 해가 되면 얼마나 된다고 그래요? 해도 너무하네."

샐쭉해진 간호사는 진료기록부를 내 눈앞에 대고 흔들며 덩치만큼이나 큰 목소리로 윽박질렀다. 그거 먹고 환자 상태가 나빠지면 누가 책임을 지느냐는 것이었다. 내가, 딸인 내가 지겠다고 했다. 내 말을 묵살하고 그는 다른 환자 침상으로 가버렸다. 미운 간호사! 주요한의 「미운 간호부」가 떠올랐다. 아무리 옳은 소리기로 꼭 그렇게 야멸치게 해야 하는가.

어머니를 돌아다보았다. 귀가 잘 들리지 않아 영문을 모르는 어머니는 우리 쪽을 바라보며 이제나저제나 애타게 기다리고 있었다.

주치의에게 다가갔다. 그는 컴퓨터 앞에 앉아 마우스를 이리저리 굴리며 화면만 들여다보고 있었다. 사정을 했다. 화면에서 눈도 떼지 않은 채 간호사와 같은 말만 되풀이하던 그는 줄기찬 내 애원에 마지못해 일어서더니 담당교수에게 허락을 받아야 하니 기다려보라고 했다.

보호자들이 썰물처럼 빠져나간 중환자실은 규칙적인 기계음뿐 신음 소리 하나 없이 고요했다. 남은 의식마저 무의식에 저당 잡힌 듯, 유예된 삶들이 침상 위에 무기력하게 널브러져 있었다. 모든 것이 정지되어 있는 듯한 착각이 들었다.

마침내 허락이 떨어졌다. 간호사의 가시 돋친 눈길을 등에 받으며 나는 듯이 어머니에게로 달려갔다. 일회용 숟가락이 입술에 닿자 어머니는 새끼 새처럼 입을 쫙 벌렸다. 백태가 끼고 거북이 등처럼 갈라진 어머니의 혀가 보였다. 숟가락을 기울이자 맑은 액체가 그 위로 흘렀다. 가뭄에 뿌린 한 줄기 빗물처럼 동치미 국물은 이내 흔적도 없이 사라져버렸다.

"맛있다!"

"맛있어?"

어머니의 눈에 생기가 돌았다.

어제 저녁 면회시간의 일이었다. 어머니의 손을 잡자 손목 둘레에 선명하게 난 멍 자국이 눈에 들어왔다. 사지를 묶었던 끈에서는 놓여났지만 어머니의 눈은 초점을 잃고 있었다. 이런저런 말을 건네도 반응이 없었다. 동치미 얘기를 꺼냈다. 먹을 만하게 익은 것 같더라고. 순간 어머니의 눈에 반짝 총기가 들었다. 간절한 눈빛으로 어머니는 먹고 싶다고 하였다. 행여 그 총기를 잃을세라 앞뒤 가리지 않고 내일 꼭 가져오겠노라 약속을 하였던 것이다.

사라진 맛이 아쉬운 듯 입맛을 다시던 어머니가 힘들게 손을 들어 맞은편 침상을 가리키더니 웅얼거렸다.

"쩌어기 있던 사람……, 그 말 못하던 할멈……, 아까 죽어서 나갔어야."

어머니의 눈동자가 불안하게 흔들렸다.

얼른 동치미 한 숟가락을 더 흘려 넣었다.

"자알 익었다."

만족스러운 듯 어머니는 고개를 주억거렸다.

"배, 갈아넣었냐?

"그러엄."

어머니의 눈빛이 아득해진다. 매끈매끈 씻은 무를 굵은 소금으로 문대고, 쪽을 내어 속이 노랗게 드러난 배추에 켜켜이 소금을 뿌려 항아리에 자근자근 눌러 담던 일. 사들사들 절은 무 배추 위에 쪽파며 생강, 마늘 서컨 갖은 양념을 넣고 납작한 돌멩이로 누른 다음 약수를 붓던 일. 약수를 길어 오라느니 그냥 수돗물을 끓여 식혀 넣자느니 옥신각신 다투던, 달포 전의 그 부산했던 날들을 떠올리고 계신 것일까.

문득, 동치미 한 모금, 대수로울 것 없는 그 한 모금이 어쩌면 지금 어머니에게는 삶과의 소통이요, 살아 있음의 확인인지도 모르겠다는 생각이 들었다.

페디큐어와 즉흥환상곡

숨이 멎는 것 같았어. 내가 알던 네가 맞는지, 내 눈을 의심했어. 눈을 몇 번 깜박인 다음 크게 뜨고 다시 보았지. 맞네, 너인 것. 그런데 어떻게 이렇게 변할 수 있는 거지? '환골탈태'라는 말, 이런 너를 두고 이른 말인가 봐.

너를 본 순간 열정적인 피아노 선율 한 가락이 전율처럼 내 몸을 훑고 지나갔어. 쇼팽의 〈즉흥환상곡 C#단조〉 서주부였지. 스타카토를 찍듯 힘 있고 명료한 음들이 건반 위를 구르듯 훑고 지나는 곡. 그렇게 내 가슴은 요동을 쳤지. 맥박이 빠르게 뛰고 숨이 차더니 온몸이 스멀거렸어. 그런 기분 참 오랜만이었어. 너의 느닷없는 요염함이 잠자고 있던 내 안의 욕망을 흔들어 깨운 거지. 왜 아니겠어? 너를 본 이라면 누구라도 아마 그랬을 거야.

하늘 볼 날이 드문 우리. 그만큼 주목 받기가 힘이 들지. 같은 종족에, 신체 끝을 보호한다는 같은 역할을 맡고 있으면서도 손톱은 처지가 달라. 하긴 하늘은 볼 수 있다지만 대접 받지 못하고 있는 그들도 많긴 해. 생김새를 뽐내 보기도 전에 잘려나가거나 닳아지기도 하니 말이야. 하지만 그런 그들도 가끔은 호사를 누리기도 하지. 주인들이 심경에 변화가 생기면 헤어스타일을 바꾸듯이 그들에게 매니큐어라는 멋진 옷을 입혀주기도 하니까. 내 주인이 그래. 어쩌다 화장대 한구석에서 먼지를 뒤집어쓰고 있던 매니큐어 병을 끌어내어 손톱에 칠을 하고는 우아한 손놀림을 해보이곤 하지.

긴 손톱에 하얗고 가는 손가락이면 금상첨화, 매니큐어는 빛을 발하지. 시쳇말로 야시시하다고 하나? 아니 고혹적이기까지 해. 저런 손톱을 하고 어떻게 집안일을 하나 비아냥거리면서도 흘끔거리게 되니 말이야. 그런데 서비스업에 종사하는 사람들이나 유한마담들의 전유물 같았던 손톱 치장이 요즘에는 네일아트란 이름을 달고 젊은이들 사이에서 유행하더라고. 색칠에 그치지 않고 꽃도 피고 나비도 나는, 별의별 무늬까지 그려 넣는 거야. 손톱 모양이 볼품없어도 걱정이 없어. 붙였다 떼었다 할 수 있는 인조 손톱이 있으니까. 이제 패션의 일부가 되었단 말이지. 그런 만큼 흔해져서일까 눈에 익어서일까. 예전만큼 매혹적이지는 못하더라고.

하지만 우린 달라. 아니 엄밀히 말하자면 네가 다르다고 해야겠지. 네 모습은 무척 도발적이야.

제 아무리 예쁜 신발 속에 담기면 뭘 해? 눈에 띌 수 없는 우리. 게다가 탄력 좋은 스타킹에 조여져 숨조차 제대로 쉬기 어려운 신세 아니겠어? 그런 우리가 환호작약할 때가 있지. 맨발에 샌들이 대세인 계절, 여름이야. 우리는 마침내 기지개를 켜고 맘껏 숨을 쉬지. 그렇다고 우리가 주목을 받는 건 아니야. 오랜 세월 짓눌리고 찌들어 생김새가 영 볼품없어졌으니까. 게다가 길바닥의 흙먼지라도 뒤집어쓰게 되면 그 몰골이 어떻겠어. 숨어 지내는 편이 더 나았겠다 싶지.

그런 내 몰골 때문에 내 주인이 민망해진 적이 있었지. 벌써 사십여 년 전 일이네. 내 주인이 신부 마사지를 받으러 명동에 갔을 때였어. 오월이었고, 그녀는 무릎 위를 살짝 넘긴 짧은 치마에 샌들을 신었었지. 좀 이르다 싶었지만 청춘이었으니까 노출에 성급했겠지. 마사지용 침대에 누우니 마사지사 아가씨가 나를 빤히 쳐다보더라고. 그러더니 내 주인을 보고 "관리 안 받으세요?" 하는 거야. 한심하다는 표정이었어. 언뜻 멸시의 눈빛조차 보이더라고. 왜 아니겠어. 그때만 해도 명동은 대한민국의 내로라하는 멋쟁이, 미인들이 모이는 패션 일 번지였으니까.

참 묘한 기분이었어, 전신 마사지라는 것. 내가 아니라 내 주인이 그런 것 같았단 말이지. 난생처음이었으니까. 마치 승은을 입기 전 몸단장을 받는 궁녀 같은 느낌이 들기라도 한 것일까. 신부가 꼭 이런 과정을 거쳐야 하나 거부감이 들었는지 온몸을 잔뜩 움츠리더군. 그런데 이상한 일도 다 있지. 마사지가 시작되자 온몸의 감각이 들고 일어났던 모양이야. 아가씨의 손길이 스칠 때마다 움찔움찔, 다리를 만질 때는 발가락을 꼬물거리기까지 하더라고. 덩달아 나까지 찌릿찌릿했지. 내 인물도 훤해졌어. 뜨거운 타월과 마사지로 노글노글 풀어놓더니 갈고 다듬고…….

긴장했던 근육들이 흐늘흐늘해지면서 나른해졌는지 주인이 약하게 코를 골았어. 그 사이 마사지사가 화룡점정을 했지. 내게 와인 빛 옷을 입혀놓은 거야. 처음 입어본 옷이 좀 어색하기는 했지만 나쁘진 않았어. 아니, 갑자기 성숙해진 느낌이 들면서 우쭐해지더라고. 요염을 떨어보고 싶어 안달이 나더란 말이지.

주인이 깨어났어. 무슨 일이 일어났는지 모르는 눈치였어. 그저 처음 받아본 전신 마사지가 어색하기만 하고 좀 전에 무의식적으로 보였던 신체 반응이 스스로 생각해도 민망했던지 서둘러 옷을 챙겨 입더라고. 샌들을 신으려다가 비로소 변한 내 모습을 본 거야. 아연실색한 표정이었어. 어쩌겠어. 그대로 거리로 나설 밖에.

그런데 별일도 다 있지. 우리 주인이 달라졌지 뭐야. 조신하던 걸음걸이가 과감해지더라고. 다리를 쭉쭉 뻗어 자신 있게 내딛는 거야. 엉덩이를 조금 흔들기도 했던가. 그 바람에 어깨 너머로 긴 머리가 찰랑거렸어. 안달이 나 있던 나도 마음껏 끼를 부려보았지. 와인빛, 그 검붉은 색깔이 부린 조화였을까. 맥박이 빠르고 힘차게 뛰면서 온몸의 신경이 팽창하는 듯 쾌감이 일더군. 사람들의 시선? 모르겠어. 끌기도 했겠지. 지금으로 치자면 배꼽티를 입은 셈이라고 해야 할까. 미니스커트에 맨발 바람도 그럴진대 페디큐어가 어디 그리 흔한 시절이었겠냐고. 그런데 이상한 것은, 우리 주인이 사람들의 시선을 즐기고 있는 것 같더란 말이지. 아니 그런 자신의 도발적인 모습에 스스로 취해 있었던 것 같기도 해. 얌전하다 소문 자자하던 우리 주인이 말이야.

그 후 어땠냐고? 쇼팽의 〈즉흥환상곡 C#단조 작품 66〉 들어보았어? 열정이 휩쓸고 간 뒤에 오는 안단테 칸타빌레를.

명동을 벗어나자 참 멋쩍어지더라고. 나나 주인이나. 활기차던 걸음이 쭈뼛쭈뼛, 얼기설기 얽어진 샌들 속에서 얼마나 감춰질 것이라고 주인은 나를 숨기느라 발가락을 잔뜩 움츠리며 걷는 거야. 나도 주눅이 들 밖에. 요염은 간 데 없어졌지. 집으로 돌아오는 내내 신발 바닥에 이마를 박고 있느라 머리가 다 지끈거렸어. 방에 들어서자 주인은 다짜고짜 리무버를 찾아 솜에 듬뿍 묻히는 거야. 그러더니 나를 바라보았어. 나도 빤히 주인을 올려다보았지. 아주 잠시 동안이었어. 그리고 나는 와인 빛 옷을 벗었어. 〈명동 즉흥환상곡 작품

1〉, 십여 분간의 꿈이었어.

요즘도 불쑥불쑥, 그때가 생각날 때가 있지. 너를 만난 오늘이 그래. 늘씬 날씬 각선미가 돋보이는 하이힐 샌들의 물결 속에서 반짝이는 너를 발견한 순간, 내 가슴은 뜨거워졌어. 그리고 여지없이 그 선율이 폭풍처럼 내 몸을 훑고 가는 거야.

〈작품2〉는 없었냐고? 당연하지. 우리 주인은 요조숙녀에서 현모양처가 되었으니까. 그런데 그거 알아? 잉걸불, 그런 걸 늘 가슴에 안고 살고 있는 느낌.

이제 나는 하늘 볼 날이 거의 없어졌어. 그만큼 편안해졌다고 해야 하나. 볼 넉넉하고 푹신한 '여포화' 속에서 활개를 펴고 있으니까. 신발 이름이 기가 차지 않아? '여자이기를 포기한 신'.

오늘은 운이 좋았어. 내 주인이 수없는 망설임 끝에 샌들을 신었으니까. 꼭 맵시를 내야 할 일이 있었던 모양이야. 비록 굽도 낮고, 볼품없는 모양에 내 몰골 또한 초라하지만, 그래도 그게 어디야. 덕분에 너를 볼 수 있었으니.

너, 너의 요염함에 자부심을 가져도 좋아. 너는 새빨간 립스틱보다, 배꼽티보다, 초미니스커트보다 충분히 더 관능적이니까.

페디큐어, 너는 나의 영원한 즉흥환상곡이야.

제2부

시간의 길이

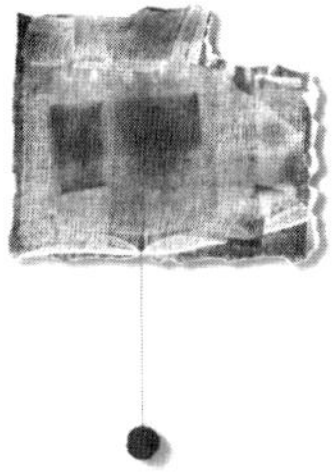

역逆진화

반지들을 진열대 위에 올려놓았다.

보석점 주인이 잠시 내 눈치를 살피더니 한두 개쯤은 지니고 있는 게 좋지 않겠냐고 했다. 모임 같은 데 갈 때 필요하지 않겠냐는 것이었다. 과시용으로 남겨두라는 얘기다. 나는 대답 대신 내 발을 들어 보였다. 이렇게 밑창 두껍고 뭉툭한 신발을 신고 보석반지를 낀들 폼이 나겠냐고, 밍크코트 입고 버스 타는 거나 같을 거라 했더니 그녀가 소리 내어 웃었다.

손가락을 조이는 듯 답답해서 반지 끼는 것을 좋아하지 않는 편이다. 그런데 어찌하다 보니 반지들이 제법 생겼다. 결혼 예물로 받은 것들에다 패물을 좋아하는 어머니가 짬짬이 장만해주신 것들이 모여 그리된 것이다. 평소 귀걸이와 목걸이는 즐겨하면서도 반지만큼은 홀대를 했다. 그러다보니 반지들은 제집 속에 얌전히 들어앉아 있거나 보석함 속에서 이리저리 굴러다니기 일쑤였다. 그럴 바에야 차라리 아끼는 사람에게로 가 환골탈태하는 편이 낫겠다 싶어 처분하기로 마음먹었으나 차일피일 미루다가 오늘에야 실행에 옮기게 되었다.

어머니는 장신구에 관심이 많았다. 하지만 신여성처럼 세련된 용모에도 불구하고 당신 몸에 치장하는 것을 꺼려했다. 시대적인 탓도 있었겠지만 그보다는 웃어른들 눈치가 보여서였을 것이다. 대신 어머니는 애꿎은 나를 꾸며놓고 대리만족을 하였다. 늘 내 머리에 큼지막한 리본 장식을 얹고 귀걸이, 때로는 목걸이까지 해 유치원에 보냈다. 그런 내가 부러웠던 여자아이들은 유치원 졸업 사진을 촬영하던 날 모두들 내 귀걸이와 목걸이를 빌려 달고 사진을 찍어, 졸업앨범에 진풍경을 연출해내기도 했다.

그 습성이 몸에 배어서인지 중년의 나이까지도 귀걸이를 애용했다. 목걸이도 그런 편이었다. 하지만 언제부터인지 몸에 걸치는 모든 것들이 버겁게 느껴지기 시작했다. 옷도 가방도 가벼운 것이 좋고 신발도 낮고 편하고 부드러운 것이 좋아졌다. 머리도 짧게 잘랐다. 그뿐 아니다. 마트도 대형보다는 동선이 짧은 동네 슈퍼를 애용하게 되었고 이리저리 한눈팔지 않고 필요한 것만 챙겨 나오곤 한다. 드라마도 갈등이 많은 것을 피해 편안하고 즐거운 것으로 골라 본다.

장신구도 내려놓았다. 먼저는 귀걸이, 다음으로는 목걸이를 내쳤다. 브로치, 그것만큼은 아직 내려놓지 못하고 있다. 포인트 하나쯤은 남기고 싶은, 여자로서의 마지막 자존심 같은 것이다. 장신구는 용모를 돋보이게 하는 효과를 갖는 것이어서 나이 든 여자에게서는 그 미적 소임을 다할 수가 없다. 효과가 없을 바에야 굳이 매달고 다닐 필요가 있겠는가.

용모를 더 이상 받쳐주지 못해 장신구를 내려놓았듯이 가벼운 옷이나 가방을 선호하고 편한 신발을 찾고 규모가 큰 매장을 기피하는 것은 사실 근력이 떨어지고 체력이 달리기 때문이다. 갈등이 많은 드라마를 피하고 해피엔딩을 좋아하는 것도 어쩌면 기능이 떨어져 가는 심장에 부담을 줄이고 싶은 것일지도 모른다. 욕심을 내려놓아서가 아니라 몸에 순응하고 있을 뿐이다.

언젠가 어머니께서 일본인 선생 이야기를 하신 적이 있다. 초등학교 때 지리 선생이었던 그분은 미래의 인간은 손가락 중에서 검지만 길고 튼튼하게 진화할 것이라 했다는 것이다. 버튼 하나만 누르면 모든 것이 해결되는 기계 만능의 시대가 올 터이니 검지만 발달을 할 것이라고 했다 한다. 그 선생의 예언대로 검지만 길어지는 진화는 일어나지 않았지만, 팔십여 년 전에 오늘날의 상황을 예측했다는 것이 놀라웠다.

진화란 좀 더 나은 것으로 나아가는, 말하자면 발전을 의미한다. 그 반대의 단어는 퇴화가 되는 셈이다. 모든 기관이 쇠해지는 늙음은 과학적인 측면에서 보면 퇴화다.

인문학자 도정일과 자연과학자 최재천의 인터뷰 모음집 『대담』 중에 '행복약'에 대한 이야기가 나온다.

항우울제, 즉 행복약은 삼불三不(불안, 불쾌, 불만)을 없애준다. 우울증은 분명 병이지만 우울함을 느끼는 감정도 중요한 진화의 산물이다. 늑대가 와서 아이를 물어갔는데 부모가 웃고 있다면 어찌되겠는가?

행복약이 확산되면 응급실 환자가 늘어날 것이다. 우울증이 없어지면 사람들이 조심성이 없어지거나 너무 용감해지기 때문이다. 우울증은 인간의 본성 가운데 하나이다. 공포에 적응하려는 본성, 나쁜 일이 다시 일어나지 않도록 환경에 적응하는 과정에서 생기는 아주 자연스러운 현상이다. 우울해질 수 있다는 것은 굉장한 능력이다.

우울함을 느끼는 감정이 중요한 진화의 산물이라면 나이 듦은 이 우울증과 같은 것인지도 모르겠다. 나이를 망각하고 경거망동할까 봐 몸이 진화를 하는 것이라는 생각이 드는 것이다. 몸이 진화하면 그에 맞추어 마음도 진화하고, 그렇게 몸과 마음이 서로에게 부응하며 진화에 진화를 거듭함으로써 불상사를 예방하고 무無로 돌아가는 길을 수월하게 열어주는 것이 아닐까.

'소사보진少思保眞(생각을 적게 하여 참다움을 보전하라)'

식탁 위 벽에 붙여놓은 글귀다. 나를 꾸몄던 것들을 내려놓고, 그로 인해 얽히고설켰던 생각들을 걷어내어 본래의 나에 가까워지고. 그렇게 오늘도 나는 몸과 마음이 진화에 진화를 거듭하고 있다. 아니, 진화를 하고 있다고 나를 달래고 있다.

시간의 길이

우렛소리가 들렸다.

하늘을 올려다보았다. 파란 하늘을 가르며 제트기 한 대가 날아가고 있었다. 순식간에 비행기는 사라지고 하늘에는 하얀 구름 같은 한 줄기 궤적만이 남았다. 그 길이를 눈으로 더듬어보다가 정신이 번쩍 들었다. 아하, 저것이로구나. 저것이 시간의 길이로구나.

풀리지 않던 수학 문제의 답을 구한 듯 환희심이 일었다. 존재하되 존재하지 않는, 시간이란 놈의 실체가 바로 저것이었구나.

비행기가 그리고 간 것은 '지금'이라는 순간들이었다. '지금'이라고 말하는 순간 사라져버린, 그 무수히 많은 '지금'이 만드는 시간이라는 것. 형태도 없는 그것이 내 눈앞에 버젓이 모습을 드러내고 있었다.

그렇다면 나를 스쳐간 '지금'의 길이는 얼마 만큼인 것일까? 제트기 속도에 따라 비행운의 길이가 다르듯이 내가 흘려보낸 시간의 길이 또한 다른 이들과 같지는 않을 터.

난자卵子라는 단세포에서 비롯되어 세포분열을 거듭하며 무게를 늘리고 키를 키워 이만큼의 내 모습으로 만들어놓은 것이 내가 보낸 시간이라면, 내 몸뚱어리가 내 시간의 길이가 되는 셈일까. 살갗과 살덩이와 뼈대와 핏줄, 이목구비며 오장육부에 차곡차곡 저장되어 있을 시간들. 내 몸과 함께 흔적도 없이 사라져버릴 나의 지난 '지금'들.

비행운이 걷히자 파란 하늘이 천연덕스레 얼굴을 내밀었다. 무슨 일이 있었냐는 듯.

'지금'의 흔적, 시간의 실체를 한순간의 꿈처럼 잠깐 보았다.

미끼

'목격자를 찾습니다!'

흔하게 보던 현수막 문구였다. 교차로에서 신호대기를 하고 있던 중 무료함에 무심히 내용을 읽어 내려가다가 픽 실소를 터뜨리고 말았다. 화장품 할인매장 광고였다. 자기 가게보다 싸게 파는 곳을 본 사람이 있으면 그 비싼 만큼의 액수의 두 배를 돌려주겠다는 내용이었다. 기발한 발상이라고 감탄은 하면서도 과연 그 정도 미끼에 사람들이 걸려들까 싶었다.

하긴 그런 말을 할 주제가 못 되는 것이 나다. 연전에 보이스피싱이라 불리는 사기단이 내민 미끼를 덥석 문 적이 있기 때문이다. 요행으로 뜰채에 담기기 직전 바늘에서 벗어날 수 있었지만, 졸지에

"텔레비전 뉴스도 못 보았느냐"는 아들아이의 지청구를 듣는, 무녀리 신세가 되고 말았다. 아들아이의 면박이 아니더라도 생각할수록 어이가 없었다. 엉성하기 짝이 없는 미끼를 문 채 질질 끌려가던 꼬락서니라니.

나는 낚시에는 문외한일 뿐더러 좋아하지도 않는다. 미끼를 이용하는 것이 정당한 방법이 아닌 것 같아서이기도 하고, 오로지 찌의 움직임에 온 신경을 집중하며 보내는 시간이 아깝다는 생각도 들어서이다. '찌'라는, 별 볼일 없어 보이는 소재를 가지고도 풍부한 감성과 상상력으로 물위, 물밑을 아우르며 명문을 만들어낸 어느 수필가의 입장에서 보면, 이런 나의 시각은 편협하기 짝이 없을 것이다. 손끝에 전해오는 팽팽한 긴장감, 펄떡이는 생동감을 즐기는 사람들은 그 묘미를 알지 못하는 내가 답답해 보이기도 할 터이다. 그렇다고 하더라도 그 '미끼'라는 게 마뜩찮은 건 어쩔 수가 없다.

주차를 하고 나니 시장기가 들었다. 때를 놓친 지 한참이다. 거리로 나섰다. 즐비하게 늘어선 가게들. 각양각색의 간판이며 광고 글귀, 쇼윈도 속 상품들이 따가운 햇살 속에 어지럽게 엉켜 있었다. 음식점 간판 몇 개를 찾아내 탐색을 하던 중 고깃집 전면 유리창에 내걸린 냉면 사진이 눈에 들어왔다. 똬리를 튼 면 사리가 오이며 배, 편육, 삶은 달걀 반쪽을 머리에 얹고 깨 동동 띄운 얼음 육수 속에 조신하게 들어앉아 있었다. 식욕이 당겼다.

점심 때가 지난 탓인지 식당 안은 한산했다. 잠시 후, 광고 사진과는 다소 거리가 먼 냉면 한 그릇이 눈앞에 놓였다. '맛이라도……' 하던 기대감마저 한두 젓가락질에 물거품이 되고 말았다. 허기를 채우려 그릇은 비웠으나 억울한 느낌이 들었다. 하기야 이렇게 낚인 경우가 어디 한두 번이던가.

찜찜한 기분으로 식당 문을 나섰다. 처녀아이 하나가 곁을 스쳐갔다. 코끝을 스치는 상큼한 향기에 나도 모르게 뒤를 돌아보았다. 치렁치렁한 긴 머리에 짧은 치마, 등허리가 살짝 드러난 민소매 티 차림이었다. 뒷모습이 그런 것으로 보아 배꼽티임이 틀림없다. 아찔하게 높은 샌들 위로 쭉 뻗은 두 다리가 시원해 보였다. 발톱은 십중팔구 화려한 빛깔로 페디큐어를 했을 것이다. 활달하고 자신감 있는 그 모습이 보기가 좋아 한참을 물끄러미 바라보았다. 여자인, 그것도 중늙은이인 내가 홀릴 정도인데 젊은 남자들이야 오죽하랴 싶었다. 잠시 내 젊은 시절을 더듬어 보았다. 그 시절 나는 시선을 끌기 위해서, 누군가의 마음을 붙잡기 위해서 어떤 미끼들을 던졌던가? 돌아보니 마뜩찮다 하면서 나 또한 이날까지 인생이라는 낚시에서 참으로 많은 미끼들을 던지며 살아온 것 같다.

그러고 보니 세상은 온통 미끼투성이이다. 싫든 좋든, 물질적인 이유에서건 심리적인 이유에서건, 끊임없이 미끼를 던지고 미끼에 물리면서 살아갈 수밖에 없는 것이 세상살이인 듯하다. 나이를 먹을

수록 점차 던질 미끼도 유혹하는 미끼도 드물어가겠지만, 삶이 지속되는 한 미끼로부터 자유로울 수 없는 것이 사람이 아닌가 싶다.

장마가 끝나자 매미 소리가 기승을 부린다. 울음 하나를 미끼로 자기를 보아달라 낮밤 가리지 않고 아우성이다. 가히 공해 수준이다. 문득 나를 돌아본다. 미끼라고는 글쓰기가 유일한 지금의 나. 어쭙잖은 글로 나를 알아달라 기를 쓰고 있는 모양새가 어째 매미와 흡사한 느낌이 들어서다. 공해가 되고 있지나 않은지 민망한 마음이다.

존엄할 권리

멈칫, 펜을 든 손이 망설였다. 동의서를 바라보았다. 글씨들 위로 자꾸만 어머니의 손이 어른거렸다.

혼수상태로 응급실 침상에 누워 있던 어머니가 오른손을 들어올렸다. 정신이 드는 것인가 반가워 어머니를 불러보았지만 반응이 없었다. 무의식적인 행동인 듯싶어 팔을 내려드렸다. 탈수에 탈진 상태가 되어 반 수면상태에 빠진 지 닷새 남짓. 손가락 하나 까딱할 기력조차 없을 터였다. 그런데 조금 뒤 어머니는 다시 손을 들어올렸다. 내려놓으면 올리고 내려놓으면 올리고, 그렇게 몇 차례 반복하더니 잠잠해졌다.

어머니의 유일한 일가붙이인 외숙모가 병문안을 왔다. 환자의 상태에 대해 얘기를 주고받는 중에 어머니가 다시 손을 들어올리기 시작했다. 외숙모는 반갑다는 인사인가 보다며 어머니 손을 잡아 꼭 쥐어주었다. 내리면 올리고, 가 다시 한동안 반복되었다. 문득 어머니가 무언가 말씀을 하고 있는 것이 아닌가 하는 생각이 들었다.

조금 전 상황을 돌이켜보았다. 의사는 어머니의 신장 기능이 망가져 투석을 해야 할 상황이 될 수도 있다고 했다. 하지만 그 과정이 무척 힘이 들 뿐만 아니라 설령 투석을 한다 해도 환자가 워낙 연로하여 예후가 좋을 것이라 장담할 수 없다고 덧붙였다. 그래도 투석을 할 것인지 가족끼리 상의를 해 결정하라는 말을 남기고 의사는 침상 곁을 떠났다. 전화로 아버지와 의견을 나누었다. 오랜 침묵 끝에, 그래도 한 번은 해봐야 되지 않겠느냐는 아버지의 말씀이 있었다. 의사를 불러 우리 의사를 전했다. 그 후부터 어머니의 그런 행동이 시작되었던 것 같다.

"아이의 손을 보세요. 꼼지락거리는 저 손은 살고 싶다 말하고 있는 것입니다. 포기해서는 안 됩니다." 얼마 전 방영되었던 의학 드라마에서 한 수련의가 했던 말이다. 쓸개에 이상이 생긴 채 미숙아로 태어나 인큐베이터 속에 들어 있는 아이. 위험하여 수술을 할 수 없다 포기한 담당교수에게 수련의가 저항을 한 것이다. 선배 의사가 인큐베이터에 손을 넣어 아이의 손을 잡아보았다. 아이는 그 손을 꼬옥 잡아 쥐었다.

반나절이 지나고서야 어머니는 병실로 옮겨졌다. 혼수상태는 여전했다. 일단은 투석을 하지 않고 수액 조절을 하면서 지켜보자는 말을 남기고 병실을 나가려던 주치의가 나를 손짓해 불렀다. 복도로 나갔다. 보호자에게서 확인받을 사항이 있는데 혼수상태이긴 하지만 혹 어르신이 들으실지 몰라 나오라 했다고 했다. 그리고는 조심스럽게 말을 꺼냈다. 투석을 하려면 중환자실로 가야 하고 그곳에서는 위급한 상황에 이르면 심폐소생술을 하거나 기관 삽입 같은 연명장치를 달아야 하는데 의료법상 그런 장치는 한 번 달면 회복될 때까지, 혹은 돌아가실 때까지 뗄 수가 없다, 심폐소생술도 갈비뼈에 손상을 입히게 되는데 연로하셔서 그 골절로 인하여 돌아가실 수도 있다, 그러니 그런 연명치료를 하겠는지 하지 않겠는지 가족 모두의 합의가 필요하다고 했다.

병실로 옮긴 후 어머니는 더 이상 손을 들어올리지 않고 있었다. 사람에게 가장 오래 남아 있는 감각이 청력이라는 말이 있다. 조금 전 주치의가 날 불러낸 것도 그 때문이었을 것이다. 복도로 나와 아버지께 전화를 드렸다. 또 한 번의 긴 침묵.

동의서에 서명을 했다. 일체의 연명치료를 원치 않는다 했다. 어머니의 손이 다시 눈앞에 어른거렸다. 동의서를 든 채 망설였다. 드라마 속 그 수련의의 말처럼 어머니의 손은 정말 살고 싶다 말씀하

신 것이었을까?

한때 나는 참 살기가 싫었다. 주변의 상황 때문이기도 했지만, 삶 자체에 아무런 의미를 느끼지 못하고 있었다. 우아하게, 고통 없이 삶을 마감할 방법이 없을까만 생각하며 무기력하게 시간을 죽이고 있었다. 그러던 중 흔치 않은 병에 걸렸다는 진단을 받았다. 예후에 대한 설명이 이명처럼 머릿속을 왕왕거리며 돌아다녔다.

집으로 돌아왔다. 오디오 스위치를 켰다. CD플레이어에 올려져 있던 음반에서 첼로곡들이 흘러나오기 시작했다. 포레의 〈꿈을 꾼 후에〉를 지나 오펜 바흐의 〈자클린느의 눈물〉에 이르자 나는 울음을 터트리고 말았다. 근육병으로 무력해진 육신 앞에 처참하게 무너졌던 자클린느 뒤프레의 삶.

살고 싶었다. 그토록 고통스러웠던, 혐오했던, 남루했던 삶이 눈부시게 빛나 보였다.

동의서에 서명을 하고 온 날 밤, 잠이 오지 않았다. 가슴을 묵직한 무엇이 누르고 있는 듯 답답했다. 일어나 스탠드를 켰다. 반짝, 한 무더기의 노란 빛이 어둠 한 켠을 밀어내더니 천천히 영역을 확장해 나갔다. 캄캄한 거실로 나와 앉았다. 빠끔히 열린 침실 문 사이로 불빛이 흘러나왔다. 밝음과 어둠에 경계를 긋고 있는 문. 문의 이쪽, 어둠에서 바라본 저쪽, 밝음이 참 따듯해 보였다. 혹 삶의 경계에 서 있는 이들에게 보이는 세상이 저와 같지는 않을까. 익숙하고 따듯한 저쪽에 대한 그리움. 낯설고 차가운 이쪽에 대한 두려움. 저 저쪽에 더 머무를 수만 있다면, 이 이쪽에서 한 발 물러날 수만 있다면, 존엄 같은 것 아무래도 상관없지 않을까.

혼수상태에서 아득하게 들려오고 있었을지도 모르는 익숙한 삶의 소음들. 어머니는 그것을 붙잡고 싶었는지도 모르겠다. 혹여 존엄이라는 허울로 그 의지를 잘라버리는 산 자의 횡포를 부린 것은 아닌지, 마음이 무겁다.

운명

— 카미유 클로델의 독백

당신,

누구신가요? 왜 그런 눈빛으로 저를 보시지요? 저를 아시나요?

그런데 그 눈빛, 참 낯이 익네요. 그런 낯익은 눈빛으로 저를 바라보는 당신은, 도대체 누구신지요.

누구시라고요? 오귀스트 로댕? 로댕, 로댕……. 댕, 댕,……. 아 아, 생각나요 종소리처럼 입안에서 뱅뱅 맴돌다 머릿속을 갈피갈피 헤집어놓고 사라지던 그 마지막 한 자의 울림이. '댕……'.

아니, 아니요. 그건 '엥'이었나 봐요. '엥……, 제엥'.

알 수 없는 어떤 힘이 저의 발길을 이끌었던 그곳, 숲속 한적한 자리에 바위 '제엥'이 있었지요. 갈급한 듯 입을 쩌억 벌리고 있는 모습을 본 순간 저는 그 자리에 얼어붙듯 서고 말았어요. 마치 오랫동안 기다리고 있었다는 듯, 고통스런 몸짓으로 내게 무언가를 간절하게 호소하고 있는 듯한 그 바위와 마주했던 그때, 내 가슴은 마구 뛰었어요. 그리고 내 삶의 수레바퀴는 한 곳을 향해 질주하기 시작했지요. 내 나이 열세 살 되던 해였어요.

그 바위 속에서 아우성치고 있는 '무엇'을 끄집어내어 보고 싶었어요. 그 '무엇'이 도대체 무엇인지 알고 싶은, 참을 수 없는 욕구가 내 안에서 꿈틀거렸습니다.

진흙을 치대고 또 치댔어요. 차지고 매끄러운 그 진흙으로 '제엥'을 만들었지요. 나를 숲으로 이끌었던 알 수 없는 그 힘이 내 손끝에 실린 듯, 정신없이 진흙을 주물렀어요.

마침내 또 하나의 '제엥'이 탄생되었어요. 그 '제엥'을 바라보는 순간 저는 알았지요. 그 기괴한 돌덩이 안에서 요동치고 있었던 그 '무엇'이 다름 아닌 '생명'이었음을. 무생물이라 여겼던 바윗덩어리도 실은 하나의 생명체라는 것을. 내가 앞으로 해야 할 일은 그것들을 밖으로 끌어내어 숨을 쉬게 해주는 것임을.

가족과의 씨름이 시작되었어요. 아니, 어머니와의 싸움이라고 해야 옳을 것 같네요. 내가 태어나기 한 해 전, 생후 2주 만에 첫 아이-제겐 오라버니가 되지요-를 잃은 애통함에서 헤어나오지 못하고 있던 어머니는 나의 탄생을 달가워하지 않았다고 하더군요. 그나마 아들이기를 간절히 바랐는데 그마저 이루어지지 않았으니 저는 태생부터 어머니에게 미움의 대상이었던 셈이지요. 하지만 아버지는 달랐어요. 저의 탄생을 기뻐하셨고 저를 무척 사랑해주셨어요. 그것이 어머니는 더 못마땅했던가 봐요. 어머니는 내 몫의 사랑까지 여동생 루이즈에게 쏟아부으며 날이 갈수록 내게는 냉랭해져만 갔어요. 영리한 나는 내 살 길이 곧 아버지임을 알았지요. 아버지는 저를 자랑스러워하셨고 제가 하는 일은 무엇이든 이해해주셨거든요. 어쩌면 연민과 미안함도 한몫했을 겁니다. 제가 소아마비를 앓아 다리를 좀 절었거든요.

어머니는 진흙더미를 집안으로 끌어들이려는 나를 한사코 막았어요. 하지만 어머니에게 뺨을 얻어맞으면서도 저는 고집을 꺾지 않았지요. 결국 아버지가 나서서 문제를 해결해주었지만 그 일로 저에 대한 어머니의 증오심은 불타올랐던 것 같아요. 그 증오심은 아버지가 어머니와 동생들에게 조각 공부를 하러 떠나는 저를 따라 파리로 갈 것을 강요하면서 극에 달했지요. 원치 않게 정든 고향을 떠나야만 했던 어머니는 저에 대한 증오심이 자식이 아니라 같은 여성으로서의 적대감으로까지 발전하게 된 것 같아요.

어머니의 자궁에 안착을 한 것이 제 의지가 아니었듯이 이곳, 요양원-사람들은 정신병원이라고 부르더군요-에 위리안치된 것도 제 의지는 아니었어요. 한 여자에 의해 세상 밖으로 나와 그 여자에 의해 세상과 유리되었으니 저와 이 여자와의 만남을 무엇이라 해야 할까요.

제가 이곳에 있은 지 얼마나 되었냐고요? 글쎄요. 그날이 그날 같은 날들이라……. 아버지가 돌아가신 직후이니 얼추 삼십 년이 되어가나요. 오히려 편안하지 않냐고요? 그래요. 어쩌면 내 일생 중에서 요즘이 가장 평온한 날들인지도 모르지요. 음습한 아틀리에에서 돌덩어리, 진흙더미와 사투를 벌이던, 그들이 살아 숨 쉬지 않아 망치로 죄다 두들겨 부수곤 했던, 아! 그리고 누군가-얼굴이 기억나진 않지만 제 열정을 다 바칠 만큼 멋진 남자였던 것 같아요-에 대한 집착과 배신감으로 지옥 같았던 날들에서 벗어난 것으로 보면 그렇다고 해야겠지요. 여기에선 내가 조각을 했던, 그것도 천부적인 소질을 가진 예술가였던 사실을 아무도 모른답니다. 해서 시기와 질투로부터도 자유롭지요.

그런데 말입니다. 시도 때도 없이 왜 이리 갈증이 나는 걸까요? 마치……, 그래요 내 안에 '제엥'이 들어앉아 있는 느낌이라고나 할까요. 예전에 내가 그랬듯이 누군가 내 안에서 꿈틀거리고 있는 것들을 끌어내줄 수 없을까요. '안일'이 삶일 수는 없지요. 생명은 '약동'이어야 해요. 인간 군상들. 내가 그토록 혐오한 인간들이지만, 그들 안에서 펄떡이고 있는 것들은, 설령 추악한 것일지라도 제게는 사랑스럽게만 보인답니다. 그것들이 저를 향해 아우성을 해요. 육신의 감옥에서 해방시켜 달라고. 동생에게 하소연을 했지요. 남동생이에요. 그 애는 시인이 되었어요. '폴 클로델'이라고 제법 유명하답니다. 아버지를 제외하고는 이 세상에서 유일하게 나를 이해하고 사랑해주었던 사람이지요. 그 아이는 내 갈증이 무엇인지 알고 있는 눈치였어요. 그런데도 묵묵부답이더군요. 사랑하는 누나가 또다시 지옥 같은 날들을 보낼까 봐, 아니 사람들에게 미치광이 취급을 당할까 봐 걱정이 되었던 것일까요. 아니면 그 애 역시 내 정신이 온전하지 못하다고 생각하고 있는 것일까요. 어머니가 돌아가신 뒤였지만 제 갈증을 풀어줄 아무것도 제게 주어지지 않았어요. 이곳으로부터의 탈출도, 돌 한 조각 진흙 한 줌 주무를 수 있는 자유도. 그렇게 십수 년이 또 흘러갔네요.

참, 당신 누구시라고 했지요? 로댕이라고요? 맞아요. 그랬었지요. 그런데 왜……, 갑자기 가슴이 이리 뛰지요? 당신의 눈빛 때문인가요.

그 남자를 처음 만난 순간에도 그랬어요. 처음 '제엥'과 마주했던 그날처럼 내 가슴은 두방망이질 했지요. 그의 눈에서 용광로처럼 끓고 있는 열정을 보았어요. 아니, 활화산 같았다고 할까요. 한 번씩 폭발할 때마다 뜨거운 용암을 토해내는……. 또 하나의 저를 보는 듯했어요. 그날, 저는 망설임 없이 제 삶의 수레를 버렸습니다. 그 남자의 수레에 기꺼이 동승했지요.

꿈과 같은 날들이었습니다. 백 퍼센트 일치하는, 아니 그 이상이 되어 흘러넘치는 영감으로 우리 둘은 많은 작품들을 함께 만들어 냈어요. 행복했습니다. 그 행복한 일체감을 그는 〈입맞춤〉에, 저는 〈왈츠〉에 담아냈지요. 그는 언제나 나에게 조언을 구했고 내 의견을 수용했어요. 단테와 보들레르로부터 영감을 받아 제작한 〈지옥의 문〉도 그렇게 시작이 되었지요. 수용이라기보다는, 우리는 예술에 관한한 너무나 닮은꼴이었습니다. 그를 전혀 모르던 시절, 제가 빚은 작품을 보고 그에게 사사하지 않았느냐는 질문을 받은 적이 있었을 정도니까요.

우리 사이를 두고 사람들은 수군거렸지요. 스승과 제자가 아닌, 연인 사이라고. 맞아요, 연인이었던 것. 스물네 해의 나이 차를 의식하지 못했던 것은 그를 단지 사내로서가 아닌 예술인으로서 사랑했기 때문이지요. 동료이기도 했습니다. 그래서 세인들의 비웃음과, 조강지처와도 같은 그의 오랜 동거녀의 패악질도 참아낼 수 있었지요. 그만큼 저는 그와의 관계에 대해 믿음과 자부심이 있었지요.

그런데 말입니다. 그는 그렇지 않았나 봐요. 세상을 외면하지 못했어요. 저로 인해 이미 조각가로 대성하여 누리고 있던 명예와 부를 잃을 수도 있겠다는 불안감이 들었던 게지요.

우리들의 아지트 뇌부르그의 집과 이즐레트 성에서 귀를 나발처럼 열어놓고 그의 발소리를 기다렸어요. 단지 한 사람의 부재로도 세상이 적막해질 수 있다는 걸 비로소 알았지요. 버림받은 거냐고요? 버림은 쓸모가 없어진 것을 두고 이름이지요. 장담컨대 그는 여전히, 그리고 충분히 저의 예술적 감성을 필요로 하고 있었어요. 그의 창작열이 가장 왕성했던 시기가 저와 함께 했던 때였으니까요. 생동감 넘치던 그의 작품들에 섬세함과 육감성이 더해져 그 완벽함에 찬사가 쏟아지게 된 것도 저를 만난 덕분이라고 할 수 있지요. 해서 그건 배신이라고 해야 합니다. 너무나 진부한 이유로 그는 우리의 사랑을, 아니 예술을 배반한 겁니다. 제가 그에게 너무 집착을 했기 때문이 아니냐고요? 맞아요. 저 역시 그의 예술적 감각이 절실하게 필요했으니까요. 불안했습니다, 홀로서기가.

이탈리 거리 113번지에 제 작업실을 마련하였습니다. 곤궁했지요. 사람들은 제 작품을 인정하려 들지 않았어요. 표절이라나요? 그의 그늘이 너무 깊었던 거지요. 그는, 내가 그토록 열정을 바쳐 사랑했던 그는 또 다른 배신으로 저를 비참하게 했습니다. 저에게 경제적인 도움은 주면서 교묘하게 작업을 방해하는 이중성을 보였지요. 어둡고 추운 작업실에 칩거하면서 피해의식과 자학의 늪에 빠져 허우적거렸습니다. 표절시비 아니면 혹평. 제 작품에 대한 대개의 세인들의 반응이었습니다. 이 시대는 뛰어난 여류 조각가를 필요로 하지 않은 거지요. 유명 조각가와 부적절한 관계에 있었던, 미모의 어린 여제자면 족했지요.

그런데 말이에요. 제가 절망에 빠졌던 것은 그런 이유 때문만이 아니었어요. 저를 잃어버렸다는 겁니다. 작품을 하면서도 이것이 내 순수한 감성에 의한 것인지 그의 영향을 받은 것인지 혼란스러워졌다는 거지요. 작품을 하다가 부수고 완성되면 부수고, 그의 그림자를 지우려고 몸부림을 했어요. 그런 나의 몸부림을 호재로 어머니는 제게 벼르고 있던 복수를 하였어요. 저를 세상과 유리시켜버린 겁니다. 나의 탈바꿈을 참을성 있게 기다려주었을 아버지가 돌아가셨으니 속수무책일 밖에요.

아아! '제엥'이 있던 그 숲속이 그리워지네요. 그 바윗덩이에서 생명을 만나고 가슴 벅찼던 그날. 힘차게 목표를 향해 달리기 시작했던 내 삶의 수레. 이제 보니 제가 제 삶의 수레를 버렸던 것이 아니었네요. 내 수레에 그 남자가 잠시 편승을 했던 거지요. 그가 내리자 그의 무게에 익숙해 있던 수레는 비틀거렸고 우왕좌왕하다가 엉뚱한 방향으로 굴러가게 된 겁니다.

만약 그 남자를 만나지 않았더라면, 아니 적어도 그의 눈빛만이라도 외면했었더라면 제 삶은 어찌 되었을까요? '제엥'을 만나지 않았더라면, 내 어머니의 뱃속에 주저앉지 않았더라면……. 운명이라고요? 어쩔 수 없는 제 운명이었다고요?

제가 오만했던 탓은 아니었냐고요? 혹, 제가 제 재주만 믿고 여신 아테나와 비단 짜기 내기를 하며 신을 모독한 죄로 거미가 되어야

했던 아라크네를 닮았다고 말하고 싶으신 겁니까? 그래요. 저는 결코 제 재능에 겸손하고 싶지 않습니다. 아니 겸손하지 않을 것입니다. 설령 아테나의 채찍에 제 비단이 갈기갈기 찢긴다 해도 저는 다시 또 제 비단을 짤 것입니다. 거미로 전락할 운명을 감수해도 좋을 만큼 제 비단은 충분히 아름다우니까요.

제 작품 〈운명〉을 보신 적이 있나요? 왼발을 바퀴에 얹고 왼손을 무언가에 붙잡힌 채 끌려가듯 걷고 있는 여인. 벋장대고 있는 오른손의 저항과 덩어리처럼 뭉뚱그려놓은 오른발의 무거움이 미련의 무게를 가늠케 하는 작품이지요. 저의 앞날을 예견한 듯하다고요? 그런 셈인가요. 하지만 비록 원치 않은 방향으로 제 삶의 수레바퀴는 굴러가고 있지만 저는 조각가로서의 지난 삶을 후회하지 않습니다. 모든 사물들에게서 숨의 결을 찾아내어, 새로운 생명으로 탄생시켜주는 작업은 얼마나 황홀한 일인지요.

로댕이라고 했던가요? 당신, 제발 다시는 그런 눈빛으로 저를 보지 마세요. 저를 흔들지 마세요. 또다시 누군가로 인해 저를 잃고 싶지 않으니까요.

저는 위대한 조각가, 아니 예술가 '카미유 클로델'입니다.

* 참고 서적 :『프리다 칼로와 나혜석, 그리고 카미유 클로델』, 정금희 지음.

* 카미유 클로델(1864~1943): 프랑스의 천재 여류 조각가. 조각가 '오귀스트 로댕'의 제자이자 연인. 로댕과 결별 후 피해망상증에 시달리다 어머니에 의해 정신병원에 수용됨. 30여 년을 정신병원에서 보내다 사망. 〈수다쟁이들〉〈왈츠〉〈중년〉〈애원〉〈운명〉 등 다수의 작품이 있음.

차—암 곱소!

일 그램도 안 되는 꽃잎 한 장의 낙하가 대지를 진동한다.

이 세상 모든 죽음은 낙화다.

사진 속 인물이 환하게 웃고 있다. 파스텔 빛깔의 꽃들에 둘러싸여 고운 웃음을 흘리고 있다. 호상好喪이라고 울음소리 하나 없이, 그리 애통해하는 기색도 없이 인사를 주고받고 있는 산 사람들을 흔연하게 지켜보고 있다. 그 어떤 날, '매 순간이 남은 날들의 가장 젊은 날'이라는 말을 빌리자면, 그 가장 젊었던 어떤 날에 찍은 사진 속에서 마냥 웃고 있는 친구의 어머니를 잠시 더 바라보다가 빈소를 나온다.

밖은 바람 불고 쌀쌀하다. 그래도 봄이라고 나무는 새순을 밀어올리고 꽃망울을 맺고, 사람들은 한결 가벼운 옷차림들을 하고 있다.

건너편 병동을 올려다본다. 어디쯤이었던가, 문화촌 아주머니가 머물렀던 병실이.

그날도 이런 봄날이었다. 원인 모를 열에 시달리며 시름시름 앓던 아주머니 병문안을 왔던 것도 꽃샘바람이 옷자락을 들썩이던, 오늘 같은 날이었다. 병이 주는 고통에다 이런저런 검사에 시달리느라 초췌해진 모습으로 아주머니는 우리를 맞았다. 차를 타면 호습다고 일없이 버스를 타고 다니며 세상 구경하기를 즐겨하던 분이 어머니와 나를 누워서 맞으며 반가운 기색을 보였다. 그리고는 잠시 코를 벌름거렸다. 우리 몸에 묻어 온 세상 냄새를 맡기라도 하려는 듯이.

유리창을 통해 거침없이 들어온 햇빛으로 병실 안은 환하고 따뜻했다. 그런 밝음 때문이었을까, 낙관적인 기분이 되어 우리는 환자에게 대책 없는 희망을 남발했다. 수다를 떨고 소리 내어 웃기도 했다. 그런 우리를 물끄러미 바라보고 있던 아주머니가 입을 떼었다.

"차—암 곱소!"

어리둥절해서 어머니와 나는 서로의 얼굴을 바라보았다.

"뭐가?"

"언니랑 혜연이. 둘 다, …… 박꽃 같소."

잠시 말을 잊고 있던 어머니가 입을 열었다.

"자네도 참. 팔십 상늙은이와 오십 중늙은이가 곱긴 뭐가 고와?"

아주머니는 힘없이 웃었다.

나는 잠깐 내 차림새를 훑어보았다. 연두 빛 블라우스 때문인가?

아주머니의 시선이 내 핸드백에 머물렀다. '차—암 예쁘다'고 하며 어디서 샀느냐고 물었다. 엷은 아이보리 색 바탕에 잔무늬가 들어간, 평범한 가방이었다. 어디서 샀노라는 나의 대답에 그곳을 떠올려 보는지 아주머니의 눈길이 잠시 허공을 맴돌더니 다시 가방에 머물며 참 예쁘다는 말을 되풀이하였다.

얼마 후 아주머니는 세상을 뜨셨다. 유행이 지나 옷장 속에 얌전히 들어앉아 있는 그 핸드백을 볼 때면 그날의 병실 안 풍경이 선히 떠오르곤 한다. 그리고 "차—암 곱소!" 하던 아주머니의 목소리가 또렷이 들려온다.

사이렌 소리와 함께 경광등을 번쩍이며 구급차가 들어온다. 응급실 앞이 소란해진다.

환자를 실은 이동 침대가 자동문 안으로 빨리듯 사라지고 나자 정적이 밀려온다. 그 정적 곁을 사람들이 지나간다. 그늘진 얼굴들.

저들은 알까? 지금 그들이 지나고 있는 시간이 '차—암 고운' 때라는 것을.

소요逍遙

미풍에 여린 잎들이 살랑거린다. 나뭇가지를 미끄러져 내려온 바람은 아이리스의 가냘픈 꽃대를 흔들더니 마가렛 위에서 하얀 물결을 이룬다.

오월, 저녁. 그 싱그러운 유혹을 떨치지 못하고 집을 나선 참이다. 좁쌀 같은 흰 꽃망울을 달고 있는 쥐똥나무 울타리를 지나자 산책로와 나란히 뻗은 산곡천이 눈에 들어온다. 엊그제 내린 비로 제법 옹골찬 소리를 내며 흐르는 개울물에는 드문드문 백로가 발을 담그고 있다. 한 치 앞에 놓인 위험을 아는지 모르는지, 물고기들은 여기저기서 둥근 파문을 그리며 은빛 도약을 하기에 바쁘다. 작은 몸짓이지만 힘차고 날쌘 것이 물밑에도 춘정春情이 깊었나 보다.

물끄러미 물 쪽을 바라보고 섰노라니 바삐 지나던 젊은 남녀 한 쌍이 걸음을 늦추고 내 시선을 따라간다.

"어머, 물고기들 좀 봐!"

여인의 탄성에 남자의 눈이 물밑을 더듬는다. "야, 많네!" 하고 한마디 던진 그가 다시 걸음을 재촉한다. 잠시 머뭇거리던 여인이 종종걸음을 쳐 남자를 따라잡는다. 구령이라도 붙이는 듯 두 사람은 발을 맞추어 팔을 앞뒤로 힘차게 흔들며 멀어져 간다.

돌계단을 내려가 개울가로 다가가본다. 생김새도 크기도 제멋대로였던 징검돌들이 네모반듯하게 깎아 다듬어놓은 화강암으로 바뀌어 있다. 미끄러질까 가슴 조이며 건너던 아슬아슬함이 없어져 안심이 되면서도 한편 아쉽다. 두 줄로 늘어놓은 배려도 흐뭇하기보다는, 잠깐의 기다림도 참아내지 못하는 요즘 사람들의 조급함을 보는 듯해 씁쓸한 느낌이 든다.

서너 개 건너보다가 시들해져 돌아서는데 사각거리는 소리가 귓전을 스친다. 돌아보니 쭉정이 같은 묵은 갈대 밑에서 어린 갈댓잎들이 바람에 몸을 뉘이며 푸른 숨을 내뿜고 있다. 다가가 가만히 쓸어본다. 보드랍다. 처음은 모두 이렇듯 부드러운 것을.

산책로로 올라와 걸음을 옮긴다. 어슬렁거리는 내 곁을 사람들이 빠르게 스쳐 지나간다. 웰빙의 조류는 어김없이 이 길에도 사람들을 쏟아부어 놓았다. 남녀노소 할 것 없이 모두가 씩씩하고 빠른 걸음새들이다. 그들을 따라나선 애완견들도 혀를 빼물고 종종걸음이다.

산곡천과 한강의 합수머리에서 길은 강줄기를 따라 왼쪽으로 휘어진다. 멀리 강 한가운데, 작은 모래섬 위에 물새들이 앉아 있다. 먹이 사냥에 지친 몸을 쉬기에, 혹은 포만의 느긋함을 즐기기에 저만큼 적당한 곳도 없을 듯싶다.

포장된 산책로를 버리고 흙길로 들어선다. 길섶에서 풀들이 키 재기를 하고 있다. 이곳에서 풀들은 잡초가 아니다. 자연의 법칙에 따라 번식하고 도태될 뿐, 꽃을 피우면 더러 야생화라며 대접을 받기도 한다.

구부러진 길을 따라 걷노라니 걸음도 마음도 느슨하게 풀어진다. 해찰과 게으름이 끼어들어도 좋은 노닐음, '소요逍遙'가 이런 것이 아닐까 나름 가늠해보며 걸음에 한껏 여유를 부려본다. 흩어질 '산散' 자가 들어 있어 이리저리 다닌다는 의미를 가지고 있기는 하지만 '산책散策'이라는 단어에서는 왠지 규칙적이고 의도적인 냄새가 나는 것만 같다. 하릴없고 지향 없는, 오늘과 같은 나의 행보를 굳이 '소요'라 이름 짓고 싶은 이유다. 이 풀숲 너머 포장도로에는 자전거가 씽씽 달리고 사람들은 경보 수준의 빠른 걸음걸이로 쉼 없이 직진하고 있을 것이다.

풀숲을 벗어나니 억새밭이다. 성글고 허연 수염 같은 묵은 억새들 사이를 놀며 쉬며 걷다보니 흙길은 끝이 나고 포장된 도로와의 합류

지점에 이른다. 예상대로 길은 사람과 애완견과 자전거의 행렬로 부산하다.

길을 버리고 강변으로 내려가는 계단을 택한다. 층계참에 걸터앉아 강을 바라본다. 노을이 지려는지 하늘빛에 붉은 기운이 감돈다. 오른쪽으로 고개를 돌리자 멀리 아까 보았던 모래섬이 눈에 들어온다. 뜨고 앉는 물새들의 형체가 어렴풋이 보인다. 노을빛이 깊어지면 곧 저들의 귀소 행렬이 이어질 것이다.

어둠이 내리기 전에 강변을 거닐어 보고 싶어 자리를 털고 일어난다. 계단을 네댓 개쯤 내려갔을까. 갑자기 주변이 시끄러워진다. 오리 울음소리다. 왼편, 덤불 쪽이다. 강변에 바짝 붙은, 작은 섬처럼 우거진 덤불 속 어디쯤에 오리들의 보금자리가 있는 모양이다. 침입자가 나타났다고 경계경보를 울리나 보다. 몇 걸음 더 내딛자 꽥꽥거리는 소리는 더욱 요란해진다. 유유자적 노니는 걸음에 무슨 악의가 있을까만 저들에게는 위협으로밖에 느껴지지 않는 모양이다. 소요逍遙가 소요騷擾를 낳은 셈이다. 그냥 남들 사는 대로 살지 별나게 구느냐고 잔소리를 해대는 것 같기도 하고, 누군가의 한가로운 노닐음이 다른 누군가의 안락을 방해할 수도 있는 법이라고 나무라는 것 같기도 하다.

녀석들의 서슬에 밀려 되돌아 계단을 오른다. 오를수록 덤불 쪽 소요가 잦아들더니 길 위로 올라서자 잠잠해진다. 덤불에는 다시 평화가 찾아왔을 것이다. 잠시 내려다보다가 사람들의 흐름에 몸을 맡긴다.

산책이었을까, 소요였을까. 서편 풀숲 위로 하루 해찰을 마친 석양이 붉다.

고맙다 내 몸아

연초에 사고를 당했다. 왼쪽 광대뼈가 으스러져 난생처음 수술이라는 것을 받아보았다.

젊은 나이가 아닌 만큼 마취나 수술에 대한 두려움이 컸다. 혹여 깨어나지 않을 경우에 대비해 아들에게 편지를 써 컴퓨터에 보관해 두는 등 나름 만반의 준비를 해놓고 수술을 받았다.

눈을 뜨자 누군가가 나를 내려다보면서 어디 불편한 데가 있냐고 물었다.

'살았구나!'

사지가 돌덩이처럼 무겁고 감각이 없었다. 그는 아직 마취가 풀리지 않았기 때문이라며 곧 좋아질 것이라 했다.

병실로 돌아오자 그의 말대로 마비는 풀렸으나 대신 통증이 시작되었다. 얼음주머니를 얹어 수시로 냉찜질을 하고 약을 먹자 차츰 진통이 되어 갔다. 집도의는, 나이 먹은 여자가 흉터에 연연할 필요가 있겠냐며 회복이 수월하도록 바깥으로 절개해달라는 나의 요구를 일축하고, 흉터를 남기지 않는 쪽을 택했다. 입 안, 아래 속눈썹 밑, 관자놀이 옆 두피를 절개한 덕분에, 외관상 눈썹 끝 한 군데에만 1센티미터쯤의 수술 자국이 남았다.

퇴원 후 닷새째 되는 날. 진료실을 찾은 내게 의사는 영상 사진을 보여주며 수술이 잘 되었다고 했다. 나는 세 군데 뼈에 철판을 덧댄, 그야말로 얼굴에 철판을 깐 여자가 되어 있었다.

부기와 통증이 어느 정도 가시자 두어 군데에 마비감이 느껴졌다. 두꺼운 종잇장을 깔아놓은 듯 만져도 감각이 없었다. 그쪽 치아도 돌멩이인 듯 무감각이었다. 의사는 골절 시, 또 수술 시 신경을 다쳐서라며, 눈 밑과 윗입술 부위는 신경다발이 굵어 아주 끊어지지는 않았을 터이니 늦게라도 감각이 돌아올 가능성이 있으나 관자놀이 부분은 가늘어서 끊어졌을 확률이 높다고 했다. 회복될 가망이 거의 없다는 말이었다. 체념은 하였지만 세수를 할 때마다 언짢았다.

두 달쯤 지났을까, 발치 후 마취가 덜 풀린 것처럼 감각이 없던 윗입술 부분이 가끔씩 전기가 통한 듯 찌릿찌릿했다. 뾰족한 것으로 찔러보니 어렴풋이 통증이 느껴졌다. 이리도 반가울 수가! 아픈 것이 반갑다니, 어이가 없어 실소가 나오면서도 기분이 좋았다.

내친 김에 눈 밑과 관자놀이 부분도 찔러 보았다. 눈 밑은 물론이고 회복할 가망이 없다던 관자놀이 부위에도 미미하게 통증이 느껴졌다. 순간 마음이 울컥했다. 몸에게 고마워서다. 주인인 내가 해준 것도 없는데 저 스스로 살아나려 안간힘을 썼을 것을 생각하니 대견하고 또 고마웠다. 회복이 더딘들 어떠랴, 이렇게 몸이 제 알아서 찬찬히 길을 찾아가고 있는데.

어제 저녁, 물을 마시다가 사레들려서 기침을 몹시 하였다. 숨이 막혀 죽을 것 같았다. 기침이 가라앉자 나는 내 몸을 토닥여주었다. 행여 물이 폐로 들어갈까 봐 기관지 근육이 기를 쓰고 밀어낸 것 아니던가. 고마울 밖에.

기침으로 발열로 통증으로, 그밖에 여러 신호들로 위험을 알리고 때론 스스로 방어하고 치유하며 나의 존재를 가능하게 해주는 몸.

요즘 나는 그런 내 몸에게 고마워하며 산다.

제3부

고독의 조건

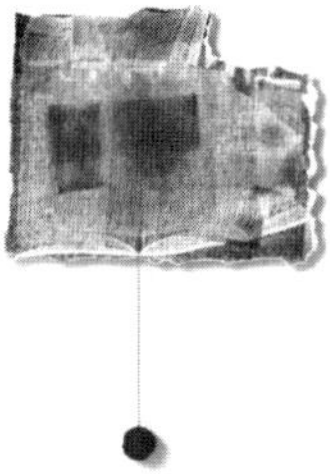

고독의 조건

분명, 어머니는 현관 유리문 안에서 나를 지켜보고 계실 것이다. 그 사실이 두려워 나는 뒤를 돌아보지 않았다. 계단을 내려서고, 어둠이 깔린 마당을 가로질러 대문까지 가는 동안 등 뒤에 떨어지고 있을 어머니의 시선을 짐짓 모른 체했다. 차에 시동을 걸고 운전대에 손을 올려놓으면서 비로소 현관 쪽을 올려다보았다. 얼기설기 얽힌 대문 살 사이로 환한 불빛을 등지고 우두커니 서 있는 어머니의 모습이 보였다. 차가 떠난 뒤에도 한동안 어머니는 좋지 않은 시력에 안간힘을 모으며 대문 밖을 살필 것이다. 그리고 혀를 차며 돌아설 것이다. '모진 것…….'

모질게 마음을 먹으며 가속 페달을 밟았다. 그렇게 나는 어머니를 남겨두고 집으로 돌아왔다.

"오늘 저녁에 나갈 거니, 안나?"

외출 준비를 마치고 눈앞에 서 있는 하녀를 보고 테레즈가 물었다. 그녀는 그 아이를 붙잡아두고 싶었다. 그릇 부딪히는 친숙한 소리, 그리고 그 아이가 흥얼거리는, 후렴이 끝없이 되풀이되는 알사스 노래를 더 듣고 싶었다. 살아 있는 유일한 존재, 활기찬 젊음이 내는 소음을 듣고 있노라면 안도감이 들었기 때문이다.

"빗소리가 들리지 않니, 애야? 밖에 나가서 뭐하려고? 비 맞을 게 걱정도 안 되니?"

"지하철까지 안 멀어요."

"옷이 다 젖을 텐데."

"길거리에 있지 않을 건데요. 영화 보러 갈 거예요."

"오늘은 그냥 집에 있으면 안 되겠니? 내가 몸이 좋지 않구나."

"……, 우유를 좀 데워다 드릴까요?"

"아니, 아니다. 괜찮다. 아무것도 필요 없다. 그냥 가거라."

"그럼, 난로에 불을 지펴 드릴까요?"

테레즈는 추우면 자기가 불을 지피겠노라며 하녀를 내보냈다.

모리악의 소설, 『밤의 끝』의 첫 대목이다. 홀로 남겨지는 것이 두려운 늙은 테레즈와 그로부터 벗어나고 싶은 젊은 안나의 대화. 그건 바로 조금 전 어머니와 내가 연출했던 광경이었다. 다른 점이 있다면, 현실 속의 안나는 테레즈의 두려움을 어느 정도 짐작하는 중늙은이라는 것이다. 그럼에도 모질게 돌아서는 것은, 아픔도 죽음도 철저히 개별적인 것이라는 어느 소설가의 말처럼, 천륜지간에도 개별적인 것들이 존재할 수밖에 없기 때문이다. 고독 또한 그러했다.

삼십여 년 전, 크리스마스 무렵이었다. 파리 외곽, 낭테르 시 허공한 귀퉁이에서 맞는 세계의 명절은 쓸쓸했다. 건너편, 토치카처럼 얼룩무늬가 그려진 싸구려 임대아파트의 창문들에서는 오색 전구들이 깜빡이고 있었다. 크리스마스 트리는 단란함의 상징처럼 켜졌다 꺼졌다 하기를 반복하며 내 가슴을 후벼댔다. 오른편, 라데팡스로부터 넘어오는 고가차도 위에는 자동차 전조등 불빛이 꼬리를 물고 이어지고 있었다. 그러나 그 수많은 불빛 중 어느 하나도 나를 찾아오는 것은 없을 터였다. 적막감이 밀려왔다. 하지만 그 적막은 내가 선택한 것이었다.

처음 파리에 발을 들여놓던 날, 이국의 도시에서 나는 소리 내어 웃었다. 나에 대해 아는 사람이 아무도 없다는, 그래서 철저히 외로워질 수 있다는 것이 나를 유쾌하게 했다. 그리고 난 그 고독을, 쓰디쓴 그 맛을 달콤하게 즐겼었다. 그런데, 그 달콤함이 사라지기 시작했던 것이다. 혀뿌리는 친절하게도 그 쓴맛을 기억하고 있다가 조금

씩 목구멍으로 흘려보내고 있었다. 얼마 후, 나는 짐을 꾸려 서울행 비행기에 몸을 실었다.

깊은 밤, 잠든 두 아이와 아내를 바라보며 상허 이태준 선생은 '아내와 아기가 옆에 있되 멀리 친구를 생각하는 것도 인생의 외로움이요, 오래 그리던 친구를 만났으되 그 친구가 귀찮음도 인생의 외로움'이라 했다. 관계에 얽히고설켜서도 어찌해볼 수 없는, 아니 그로 인해 더욱 깊어지는 외로움에 대한 처방으로 내가 택한 것은 고립이었다. 견고한 고독 속에 도리어 나를 가두어두는 것이었다. 관계에 대한 목마름이 깊어지면 고독은 슬그머니 꼬리를 감추었다.

'관계'로 인해 일어나 '관계'에 의해 소멸되는 존재의 공허함. 관계로부터 놓여날 때 고독은 비로소 온전해지는 것일까. 어쩌면 그 온전함이 두려워 관계의 끈을 놓지 않으려 애면글면하는 것은 아닌지.

디지털 자물쇠에 숫자를 입력한다. 현관문이 열리자 센서가 불을 밝힌다. 빈집을 지키고 있던 어둠 한 조각이 화들짝 놀라 물러난다.

지금쯤 어머니는 온 집안에 불을 환히 밝히고 계실 것이다. 불이란 불은 모두 켜고 이 방 저 방을 기웃거리다가 이윽고 안방 형광등 아래 오도카니 자릴 잡으실 것이다. 그리고 돌아갈 관계가 없는, 절대도 상대도 아니고 달지도 쓰지도 않은, 더 이상 아무런 것도 아닌 고독에게 곁을 주고 남은 시간들을 지워갈 것이다.

거실등을 켠다. 또 한 조각의 어둠이 밀려난다. 오롯이 드러나는 외로움. 쓰다. 안도감이 든다. 다행히도 내 고독은 아직은 맛이, 있다.

통증지수

'참어? 말어?'

초저녁부터 불편하던 뱃속이 자정 무렵이 되자 아파왔다. 시간이 흐를수록 통증은 심해졌다. 참아도 되는 것인지 응급실로 가야 하는지 갈피를 잡지 못하다가 화장실에 가려고 자리에서 일어났다. 걸음 걷기가 불편했다. 가스가 가득 찬 듯 팽팽한 아랫배가 걸음을 옮길 때마다 울리며 당겼다. 택시를 타고 응급실로 향했다.

"여긴 어때요? 여기는요? 누를 때 아파요, 뗄 때 아파요?"

당직 의사가 내 배를 손으로 여기저기 눌러보며 물었다. '오른쪽 아랫배, 눌렀다 뗄 때 아프면 충수염.' 알고 있는 상식을 기억해냈다. 그런데 통증은 중구난방이었다. 다행히 충수염은 아닌가? 오른쪽 왼쪽 할 것 없이 누르는 곳마다 통증이 있었고 눌러도 아픈 것 같고 떼도 아픈 것 같았다.

혈액검사, 복부 CT 검사를 마친 뒤 나온 결과는 장염. 입원을 해야 한다 했다. 수액주사를 맞은 채 누워 있는 내게 아까 그 의사가 다가왔다.

"지금 얼마나 아파요? 1에서 10까지로 점수를 매긴다면 지금 느끼는 통증이 어느 정도예요?"

난감했다. 아니 어안이 벙벙했다. 초저녁부터 지금까지 '참어? 말어?'를 수없이 반복할 만큼 위급의 정도를 몰라 망설였는데 그런 나더러 점수를 매기라니…….

난감해하는 내 눈빛을 읽었는지 그가 말했다.

"산통産痛을 10으로 잡으면요."

아이 낳을 때 고통이 어땠더라? 가물가물했다. 그 통증을 기억하면 다시 아이를 낳을 수 없다 했거늘 하물며 삼십 년도 더 지난 그때의 통증을 기억하라니. 학구적인 자세로 대답을 재촉하고 있는 의사로부터 벗어나기 위해 대충 숫자를 던졌다.

"7이요."

달포 전 골반과 다리 통증 때문에 정형외과를 찾았다. 의사는 척추 엑스레이 촬영 사진을 살펴보고 이런저런 문진과 촉진을 한 후 1

주일분 약을 처방했다. 그리고 2주 후에 다시 와 그때 상태를 봐서 정밀검사를 해보자 했다.

2주 후 다시 같은 진료실. 담당의가 오기 전 레지던트인 듯한 젊은 의사가 진료를 위한 준비 작업을 하면서 통증이 어느 정도 나아졌는지를 물었다. 많이 좋아졌다 했더니 지난 번 통증을 10으로 친다면 지금은 어느 정도냐고 물었다. 몇 해 전 복통 때보다는 대답하기가 수월했다.

"5요."

하지만 아리송하기는 마찬가지였다. 이 아픔이 2인지 3인지 아니면 6인지.

소설가 김훈의 말이 생각났다.

'의사는 내 병을 객관화하고 대상화하려 하지만 나는 내 병을 객관화하지 못한다.'

나는 몹시 아프다. 남 죽을 병보다 내 고뿔이 더 중하듯이 나는 내 몸을 엄습하고 있는 지금의 통증이 못 견디게 괴롭다. 그 통증의 정도를 어떻게 숫자로 표현할 수 있겠는가. 그런데 의사는 그 아픔을 객관화, 일반화해 비교해야만 치료를 할 수 있는 것이다.

노년을 '이과적理科的 삶'이라 한 어느 수필가의 말이 절실히 와닿는 요즈음이다. 지병에다 나이까지 먹어 병원을 자주 찾다보니 내 몸은 차츰 숫자에 익숙해지고 있다. 각종 검사 수치들에 혹은 안도

하고 혹은 근심하며 근신한다. 숫자로 내 자신을 객관화시키는 데 익숙해지고 있는 것이다.

하지만 문제는 익숙함 때문에 도리어 객관화하기 힘들어지는 것이 또한 통증이라는 것이다. 적지 않은 세월을 살다보니 고통들에도 굳은살이 박여서 어지간한 아픔쯤은 의식하지 못하게 되었다. 인내심도 많아져 웬만한 건 잘 참아낸다. 게다가 감각기관마저 쇠퇴하여 육체적 통증에도 점차 둔감해지고 있다. 더러는 자식에게 누를 끼칠까 괜찮은 척 감추기도 한다. 그러니 의사들은 나이 먹은 환자를 대할 때 젊은이와 같은 잣대를 가지고 통증을 구별하려 들어서는 안 될 일이다. 지수 10인 듯 자지러지게 울어대는 아이의 통증과 지수 1이라는 노인의 통증이 실은 반대일 수도 있다는 얘기다.

주관적인 아픔을 호소하기 위해 두 시간여 기다린 환자에게 객관적인 수치를 들이대며 오 분 안에 진료를 끝내는 냉정한 의사들. 하지만 의사들은 그래야만 치료를 할 수 있고 환자들은 수치들에 내 아픔을 적응시킬 수밖에 없으니, 김훈 작가의 말마따나 이 '속수무책'의 현실이 참으로 얄궂기만 하다.

유명세를 치르다

벨 소리에 눈을 떴다. 시계를 보니 오전 8시 10분. 비몽사몽 간에 소리를 식별해보았다. 경비실 호출이다. 벌떡 일어나 거실로 잰걸음을 옮기며 어젯밤 차를 어디에 주차해놓았는지 기억을 더듬어 보았다. 아니, 차는 제대로 넣었는데? 그렇다면 차 빼달라는 소리는 아닐 터이고……. 걸음이 느긋해졌다. 게으른 몸짓으로 수화기를 들었다.

"여보세요."

"1502호지요?"

나이가 좀 든 듯한, 점잖은 남자 목소리가 흘러 나왔다.

"그런데요."

"이혜연 선생님 계십니까?"

"접니다만……."

"아 그러십니까. 저는 ××××호에 사는 사람입니다."

"네에, 그런데 무슨 일로……?"

"반상회에서 주신 선생님 책 잘 받았습니다. 집사람이 주더라고요. 선생님을 좀 뵙고 싶은데 괜찮으십니까?"

순간 정신이 번쩍 들었다. 반사적으로 머리 매무새를 다듬다가 낭패감이 들었다. 머리가 문제가 아닌 것이다. 내 기색을 눈치챘는지 그가 제안을 했다.

"107동 옆 정자에서 뵈었으면 하는데요. 언제면 괜찮으시겠습니까?"

안도의 한숨을 내쉬며 1시간 후로 약속을 하였다.

부랴부랴 세수를 하고 화장대 앞에 앉았다. 가슴이 두근거렸다. 나도 이제 뜨는가 보다. 누구일까? 무슨 말을 하려는 걸까? 분칠을 하고 머리 모양을 다듬고 옷을 입는 동안 내 상상은 수많은 비누 풍선이 되어 하늘을 날고 있었다.

'선생님 글 감명 깊게 읽었습니다. 우리 동에 글 쓰는 분이 살고 계신 줄 몰랐습니다. 영광입니다.' 그러면 나는 지극히 겸손한 어조로 대답하리라. '과찬의 말씀입니다. 변변찮은 글이라서 부끄럽습니다.'

원고 청탁일까. 지역신문사? 아니면 시청에서 발간하는 소식지?

고정란을 맡아달라고 하면 어떡하지.

글쓰기 지도를 해달라는 건지도 몰라. 문화원? 주민자치센터? 복지회관? 그래, 이곳은 아직 문화 환경이 열악한 편이라 수필을 가르치는 곳이 없는 것 같았어. 이거, 나도 드디어 진짜 선생님이 되는 거 아니야? 교수 딸 두는 게 소원이셨던 어머니 얼굴이 떠올랐다. 하지만 두어 번쯤은 고사해야겠지. '천부당만부당입니다. 저는 그럴 능력이 없습니다.'

밖에는 장맛비가 주룩주룩 내리고 있었다. 하지만 내 걸음은 구름 위를 걷는 듯 경쾌하였다.

ㅁ자 형태로 네 개의 동이 모여 있는 뜰 한 구석에 그 정자는 있었다. 서울로 가는 좌석버스를 타기 위해서는 그곳을 지나야 한다. 그럴 때면 하릴없이 앉아 있는 몇몇 노인 분들과 맞닥뜨리곤 한다. 정자 옆에는 집 안에서 내쳐진, 제각기 다른 모양의 의자 대여섯 개가 놓여 있었고, 노인들은 마루보다는 그 의자를 선호하는 것 같았다. 의자의 수는 슬금슬금 늘어갔다.

우중이어서인지 정자는 한적했다. 마루 한 켠에 안노인 한 분, 그리고 등을 보이고 의자에 앉아 있는 남자 한 사람이 전부였다. 서둘러 온 기색을 보이지 않으려고 느긋한 걸음으로 남자에게 다가갔다. 책에 실린 사진 덕분인지 나를 알아본 그가 일어나 인사를 건넸다. 육십을 훌쩍 넘긴 듯한 나이에, 풍채 좋고 깔끔한 인상이었다. 마주

인사를 하고 곁에 놓인 의자에 앉았다. 안노인의 호기심 어린 눈길이 우리를 좇았다.

초면 인사말이 몇 마디 오가고 잠깐의 침묵이 흐른 후, 그가 자세를 바로 하고 정면으로 나를 바라보더니 입을 열었다.

"단도직입적으로 말씀 드리겠습니다. 선생님, 우리 동 대표 좀 맡아 주십시오."

어안이 벙벙해져서 나는 그를 멍하니 바라보았다. 연이어 그의 말이 내 뒤통수를 때렸다.

"선생님 책을 아직 읽어보진 못했습니다만, 약력이 아주 훌륭하시더군요. 이런 분이 우리 동의 대표자가 되어야 한다고 생각합니다."

구름 위에서 곤두박질 땅에 처박힌 나는 정신을 차리려 애를 썼다. 어질어질했다.

"저는 책 같은 걸 받으면 먼저 약력부터 봅니다. 약력이 쓸 만해야 글을 읽을 마음이 납니다."

비틀비틀 일어서려던 나는 다시 픽 고꾸라지고 말았다. 그의 말들이 이명처럼 왕왕거리며 귓속을 맴돌고 있었다.

내 대답을 기다리지도 않고 그는 자신의 약력을 장황하게 늘어놓았다. 특히 미국 유수 학교에서 수학한 경력을 이야기할 때는 목소리에 힘이 주어졌다. 참담함을 누르고 나는 지극히 공손한 어조로 한마디 했다.

"그러면 선생님께서 맡으시지요."

"아, 저는 나이도 있고 해서 고문 역할이나 하려고 합니다."

빗줄기가 점점 굵어졌다. 튀어오르는 빗방울에 바짓가랑이가 젖어들고 있었다. 안노인이 마루로 올라오라고 자꾸 손짓을 했다. 하지만 나는 꼼짝 않고 앉아 있었다. 처마가 짧은 탓에 빗방울은 무릎 위까지 튀어올랐다. 그가 바지 끝자락을 한 단 걷어올렸다. 못 본 체 외면을 하며 빗줄기만 바라보았다. 물을 먹은 바지가 종아리를 감아들었다. 묘한 쾌감을 느꼈다. '비야 더 세게 내려라!'

침을 한 번 꼴딱 삼킨 후 나는 그를 바라보았다. 그리고 정중하게 사양의 뜻을 밝혔다. 머쓱해진 표정을 지으며 그는 잠시 말이 없더니 이내 지금의 동 대표에 대한 험담을 늘어놓았다. 약력이 모두 가짜였다는 것이다. 그렇지 않아도 좋지 않은 사건에 휘말려 동 대표는 주민 과반수에게서 불신임을 받아 직책을 잃을 처지에 놓여 있었다. 설상가상이라더니 허위 약력까지 들통이 난 모양이었다.

한시라도 빨리 그 자리를 벗어나고 싶었다. 그의 말에 건성으로 맞장구를 치면서 호시탐탐 기회를 엿보았다. 목청을 돋우던 그가 잠시 숨을 고르는 사이 재빨리 일어나 작별 인사를 했다. 아쉬운 눈길을 등에 받으며 나는 빗속으로 걸어들어갔다. 꼿꼿하게 등을 세웠지만 뻘밭을 걷는 듯 발걸음이 천근만근이었다.

아파트가 13년 나이를 먹더니 소소하게 누수현상이 생긴다.

어느 날 현관 쪽 천장에서 물이 뚝뚝 떨어졌다. 누수가 상당한 동안 진행되고 있었는지 고인 물로 인해 천장이 볼록해져 있었다. 윗집 남자가 내려와 처진 곳을 송곳으로 찌르자 물이 주르륵 쏟아져 내렸다. 곧 고치겠노라는 말을 믿고 기다렸는데 이틀이 지나도 아무런 소식이 없었다. 황희 정승의 누옥도 아니고 멀쩡한 집에서 세숫대야에 양동이까지 받쳐놓고 지내자니 심란하기만 했다. 참다못해 올라가 초인종을 누르자 그 집 딸이 빠끔히 고개를 내밀었다. 어찌 되고 있느냐 했더니 아직도 진단 중이라는 것이다. 누수탐지기로 어렵지 않게 찾아내던데 왜 이리 더디냐고 좀 짜증을 내었더니, 대뜸 언성을 높이며 수리하는 사람이 기다리라고 하는데 자기넨들 어찌하느냐고 보채지 말고 기다려보라 했다. 하도 어처구니가 없어 그냥 돌아서는데 웅얼거리는 소리가 뒤통수를 쳤다.

“잘난 체는 혼자 다하고 있네.”

장마철 습한 기운 때문인지 발목이 시큰거렸다. 얼마 전 왼쪽 발목을 삐끗하는 바람에 오른쪽 발에 무게를 주고 걷다 보니 무리가 왔는지 그쪽 발목마저 시큰거렸다. 운동화를 신어보아도, 밑창이 두텁고 두루뭉술하게 생긴, 일명 여자이기를 포기한 신발이라는 ‘여포화’를 신어보아도 통증은 수그러들질 않았다.

아파트 출입문을 나서려니 경비 아저씨가 거수경례를 부쳤다. 책을 받고 난 다음날로부터 벌어지는 광경이다. 뒤뚱거리는 내 걸음걸이가 스스로도 볼썽사나웠던 참이라 묻지도 않는데 발목을 다쳐 아프다고 변명을 하였다. 그러자 아저씨는 놀라는 기색도 없이 허리 굽혀 공손하게 말했다.

"그 연세에는 조심하셔야지요."

볼품없는 여자가 혼자 얼쩡거리는 것이 몹시도 궁금하였을 이웃들에게 내 존재를 알리고 싶었다. 쑥스러움을 무릅쓰고 반상회에서 책을 돌린 것도 그런 이유에서였다. 존재의 값은 이렇게 치러졌다.

어찌 되었거나 수상쩍은 '1502호집 여자'에서 이러저러한 별칭 하나쯤은 얻어 갖게 되었을 터이니 소기의 목적은 이룬 셈이다.

꽃밭에서

친정 동네 골목길 자투리땅에는 지금 과꽃이 한창이다. 이즈음이면 봉숭아, 맨드라미, 분꽃 등 여름 풀꽃들의 씨앗들이 여물기 시작한다. 자질구레한 살림살이들에게 마당을 내어주고 울 바깥으로 밀려났지만, 그곳도 감지덕지라는 듯 꿋꿋이 자라 꽃을 피우더니 이제 씨앗을 맺고 있는 것이다.

마당 좁은 집들이 어깨를 맞대고 있는 골목길에 들어서면 가끔 이런 풍경과 마주치곤 한다. 어린 시절, 내남없이 어렵게 살던 시절이었지만 장독대 근처나 텃밭 옆, 아니 어디라도 상관없이 한 뼘 빈 땅이면 어김없이 자리 잡고 있던 풀꽃들. 그 정겨운 꽃들이 세월을 건너뛰어 서울 변두리 골목 자투리땅에서 반갑게 인사를 한다. 그 앞을 지날 때면 나는, 한정된 좁은 땅덩이에서 한 치라도 더 주거 공간을 넓히려다 보니 마당에 풀 한 포기 돋아날 여지조차 없어지고 말았지만, 울 밖에라도 자리를 마련해준 주인의 마음이 고와 가던 걸음을 멈추고 바라보곤 한다. 이제는 비록 야생화들만도 못한 신세가 되고 말았지만 자투리땅 풀꽃들은 아랑곳없이 해맑고 당당하다. 그 모습을 보고 있으려니 삼십여 년 전에 만났던, 지베르니에 있는 화가 에두와르 모네의 정원이 떠올랐다.

초록빛으로 페인트칠을 한 화가의 집은 외관상 소탈했다. 하지만 인상파의 거두, 현란한 색과 빛의 잔치를 캔버스 위에 벌였던 그가 가꾸던 정원은 특별하리라 기대감을 안고 안으로 들어섰다. 그러나 나를 반기는 것은 뜻밖에도 이리저리 제멋대로 얼크러져 피어 있는 풀꽃들이었다. 수목들을 자로 잰 듯 일률적으로 다듬어 좌우 대칭으로 배열하고 꽃들도 기하학적으로 자리를 배치하여 심는 것이 프랑스식 정원인데, 모네의 정원은 자연스럽다는 영국식 정원보다 더 자연스런 자유방임형 아니, 방치형에 가까웠다.

꽃밭이라 부르는 게 더 맞을 성싶은 그 정원을 거닐다보니 왜 모네가 색과 빛의 화가가 되었는지 알 것 같았다. 각양각색의 풀꽃들이 자연스럽게 어우러져 빚어내는 색의 하모니, 그 사이를 빛이 통과하면서 시시각각 다양하게 변화하는 색채, 무질서함이 빚어내는 오묘한 조화가 섬세한 그의 감성을 흔들어놓았을 것이고 그를 색과 빛의 화가로 인도하게 되었을 것이다.

어린 시절 고향집 마당에 꽃밭이 있었다. 그 시절 내게 봄은 기다림과 설렘의 계절이었다. 얼었던 땅이 풀리고 사분사분 봄비가 내리는 날이면 나는 우산을 받고 꽃밭을 기웃거렸다. 비를 맞아 부드러워진 흙을 젖히고 새싹들이 돋아날 것만 같아서였다. 과꽃, 봉숭아, 채송화, 백일홍, 맨드라미 같은 풀꽃들이 언제쯤 싹을 틔우나 이른 봄부터 조바심을 하였다. 그러다 어느 날 실낱같이 여린 줄기 끝에 떡잎을 이고 싹이 돋아나면 가슴이 뛰었다. 그때부터는 감별사의 눈이 되어 새싹의 모양새를 살피기 시작했다. 가을에 받아놓은 씨앗들을 종류별로 구분하여 뿌려두긴 하였지만 미처 거두지 못해 저절로 떨어져버린 씨앗들이 있기 때문이다. 특히 봉숭아나 채송화 씨앗은 여물면 터져 멀리 튀거나 와르르 쏟아져내리기 때문에 다른 것들과 뒤섞여 있기 일쑤였다. 엇비슷해 보이던 떡잎 사이로 특유의 모양을 갖춘 첫 잎이 나오기 시작하면 반가움에 오랫동안 눈맞춤을 하곤 하였다.

싹들이 어느 정도 튼실해지면 엄마와 함께 솎아내거나 옮겨 심는 작업을 하였다. 먼저 키 작은 채송화를 토방 밑과 꽃밭 둘레에 일렬로 심고 나머지 것들은 키 순서대로 자리를 배정해주지만, 코스모스를 제외하고는 대개 고만고만한 크기들이어서 해에 따라 자리를 바꿔 심기도 했다. 분꽃은 줄기를 옆으로 많이 뻗으니 간격을 널찍이 잡아 주었고 나팔꽃은 담장 아래나 창 밑에 심었다. 넝쿨손이 나오기 시작하면 타고 올라갈 수 있도록 노끈으로 줄을 매어주었다.

그렇게 모종들을 모두 옮겨 심고 나면 어느덧 내 머릿속에는 색색의 꽃들이 피어나고 나비가 날아다니는 꽃밭 풍경이 펼쳐지곤 했다. 그중에도 알록달록 파스텔 색깔의 채송화들이 줄지어 피어 있는 정경은 상상만으로도 나를 황홀하게 했다.

꽃밭에 앉아서 꽃잎을 보네/ 고운 빛은 어디에서 났을까/ 아름다운 꽃이여 꽃이여

가수 정훈희가 불렀던 가요 〈꽃밭에서〉 가사의 일부이다. 정말이지 작고 메마른 씨앗 속 어디에 그렇듯 고운 색들이 숨어 있었던 것인지, 신비롭기만 했다. 그 고운 색들을 갈무리한 씨앗들을 거두어들일 때에는, 다음해 봄 색의 잔치에 대한 기대감으로 마음이 풍요로웠다. 내게 조금이라도 감성이라는 게 존재한다면 그것은 아마도 어린 시절을 함께했던 그 꽃밭 덕분이 아닌가 싶다.

시름없던 시절은 가고 함께 꽃밭을 만들던 어머니도 이제 가고 아니 계신다. 언젠가는 마당이 있는 집을 장만하여 그 시절의 풀꽃들을 모두 불러다 놓으리라 했던 다짐도 부질없는 일이 되고 말았다. 이제는 조경이 잘 되었다는 그 어느 아파트 정원에서도 찾아볼 수 없는 그 풀꽃들. 제아무리 야생화가 자태를 뽐내고 외래종 화초들이 화려함을 자랑해도 그 풀꽃들이 없는 그곳은 내겐 꽃밭이 아니다.

허리를 굽혀 과꽃을 들여다본다. 분홍, 보라색의 꽃잎을 두른 노란 꽃 판이 천진난만한 어린아이 얼굴처럼 환하다. '이렇게 좋은 날에'라는 그 가요 노랫말처럼, 꽃 피어 좋은, 이렇게 좋은 날에 그 시절이 다시 한 번 와준다면 '얼마나 좋을까'.

〈과꽃〉, 〈꽃밭에서〉 같은 동요를 부르며 꽃밭 앞에 쭈그리고 앉아 있던 단발머리 아이는, 반백의 파마머리가 되어 도시 변두리 자투리 꽃밭 앞에서 시간을 거스르고 있다.

이해한다는 것

서랍을 정리하다가 오래된 노트 몇 권을 발견했다. 삼십 년도 더 된 일기장이었다. 파리에 머물고 있던, 삼십대 초반의 기록들이다. 가슴이 아릿해왔다. 어쩌면 내 생애 중 가장 고통스러웠으면서도 한편 자유롭고 달콤했던 시간의 기록들.

감회에 젖어 한 장 한 장 읽어 내려가다 어느 날의 기록에 눈길이 멎었다.

'Comprendre, comme c'est ridicule!'

프랑스어로 쓰인 그 구절을 보자 그날의 절망감이 어제인 듯 생생하게 되살아났다.

'이해한다는 것. 얼마나 웃기는 일인가!'

그날은 타국에서 맞은 첫 번째 내 생일날이었다. 평소 생일이라는 날에 큰 의미를 두는 편은 아니었지만 이국이라는 공간 때문인지 몹시 쓸쓸했다.

좋아하는 지인을 몽파르나스에 있는 한 카페로 불러냈다. 섬세하고 따듯한 사람이었다. 그에게 다소 멜랑콜릭한 어조로 오늘이 내 생일이라고 말했다. 그런데 따듯한 위로와 축하의 말을 기대하고 있던 내게 돌아온 것은 무참함이었다.

"생일이 뭐 대수라고. 난 평생 내 생일을 챙겨본 적이 없소."

나는 멍하니 그를 바라보았다. 그가 낯설어 보였다. '이 사람이 내가 알고 있던 그 사람이 맞는 것일까?'

건성으로 몇 마디 말을 더 나누다가 나는 무슨 핑계인가를 대고 자리를 떴다. 그리고 집에 돌아와 쓴 것이 바로 이 구절이었다. 왠지 그 절망감은 프랑스어로 써야 할 것 같았다. 같은 언어를 쓰면서도 소통할 수 없었던 그날, 그와 나는 서로에게 이방인이었다.

루이자는 임시 간병인이다. 일하던 식당에서 예고 없이 해고를 당하고 일거리를 찾던 중 부호 집안으로부터 제의를 받는다. 사고로 전신이 마비된 아들 윌을 돌보는 일이다. 약속된 기간은 6개월. 만능 스포츠맨일 만큼 활달했던 청년 윌은 불구가 된 후 우울증과 무력감에 빠져 있었다. 여느 간병인에게처럼 그녀에게도 거부감을 보이며 냉정하게 굴던 그는 차츰 엉뚱 발랄한 그녀의 매력에 빠져들며 쾌활함을 되찾기 시작한다. 두문불출하던 윌은 루이자의 도움을 받아 옛 애인의 결혼식에도 참석하고, 음악회에도 가고 여행도 다니면서 생에 대한 의욕을 되찾는가 싶었다. 루이자도 윌의 부모도 그렇게 믿고 희망을 가졌다. 그러나 약속된 6개월이 다가오면서 루이자는 뜻밖의 사실을 알게 된다. 그 6개월이라는 것이 안락사를 원하는 아들에게서 부모가 얻어낸 유예기간이었다는 것을. 그리고 윌은 6개월이 지난 지금도 여전히 안락사를 원하고 있음을.

충격을 받은 루이자는 윌에게 묻는다. 그녀와 보낸 시간이 즐겁지 않았냐고. 그는 대답한다. 충분히 즐거웠다고. 그러나 당신이 알기 이전의 나, 사고를 당하기 전의 나의 모습이 어땠는지 아느냐고, 제 몸을 자유롭게 움직여 생을 만끽하던 푸르던 그 모습을 아느냐고 묻는다. 그리고 뇌리에 생생히 새겨진 그 기억을 지닌 채 살아가야 하는 괴로움을 이해할 수 있겠는지를 덧붙여 묻는다. 그 고통은 사랑과는 별개의 것임을 의미하는 말이다.

지난 6개월간 윌이 보여준 밝은 모습을 보며 자신의 사랑으로 윌이 즐겁게 살아갈 수 있을 것이라 확신했던 루이자. 그럼에도 윌은 죽음을 선택했다. 눈부셨던 과거에 대한 기억이 주는 고통을, 그리고 사랑하는 사람을 위해 손가락 하나 까딱할 수 없는 괴로움을 그녀는 이해하지 못했던 것이다.

윌은 결국 안락사가 허용된 스위스로 건너가 부모님이 지켜보는 가운데 죽음을 맞는다. 영화 〈미 비포 유Me befor you〉의 스토리이다. 제목은 '당신을 알기 이전의 나'를 의미하는 것도 같고, '당신보다는 나를 먼저 생각한다'는, 다시 말해 '내가 더 소중할 수밖에 없다'는 이기적인 의미를 내포하고 있는 듯도 싶다.

『시시포스의 신화-부조리에 관한 시론』에서 카뮈는 "나는 과연 그 누구에 대해 그리고 그 무엇에 대해 '난 그것을 알고 있소'라고 말할 수 있는가?" 하고 자문한다. 무엇보다 그는 인간이란 영원히 미지의 존재여서 그 사람 안에는 우리의 이해를 빗겨나 있는 그 무엇이 항상 존재하고 있다고 했다. 우리가 상대를 인식하는 것은 단지 그들의 품행, 그들의 행위, 그들이 살아온 인생행로를 통해서일 뿐이기 때문에 '이해'에는 오류가 있을 수밖에 없다는 것이다. 결국, 죽어본 적 없는 우리가 '죽음'을 이해할 수 없듯이 그 사람이 되어보지 않고서는 그 사람을 온전히 이해한다 할 수 없는 일이다. 카뮈의 말처럼 '분명 내 것인 내 마음 자체도 나에게는 영원히 정의 내릴 수 없는데' 하물며 남이겠는가?

섬세하고 따듯한 사람이라 내게 인식되었던 그 지인. 절망적이기까지 했던 그날의 단절감은 이제와 생각해보면 '이해'라는 이름으로 포장된 나의 설익은, 혹은 이기적인 인식에서 비롯된 것이었을 뿐이다. 그는 섬세하고 따듯한 사람이 맞을 것이다. 그러나 그 이면에 숨어 있는, 어쩌면 본인도 예측하지 못할, 복잡 미묘한 감정까지 헤아린다는 것은 불가능에 가까운 일이다. 누군가를 잘 알고 있다고 섣불리 판단할 일도, 배신감이나 절망감을 느낄 일도 아닌 것이다. 그래도 굳이 누군가를 이해하고 있다고 믿고 싶다면, 그 사람의 '이해 너머에 존재하고 있는 그 무엇'까지도 수용할 수 있는 여지를 남겨두어야 하는 것 아닐까.

어쩌면 생일에 대한 좋지 않은 기억이나 아픈 상처가 있었을지도 모르는 그 지인. 삼십 년도 지난 오늘 비로소 나는 그날의 절망감을 털어내고 그 사람의 따뜻했던 미소를 품에 안는다.

봄날

천지가 꽃빛으로 넘실거리던 어느 날이었다. 차를 마시며 봄 풍광을 즐기던 친구가 문득 혼잣말을 하였다.

"이런 날은 어떤 음악이 어울릴까?"

그의 말이 끝나기가 무섭게 내 상식 안의 음률들이 바쁘게 머릿속을 들락거렸다.

집으로 돌아오자 마음속에 점찍어 두었던 음악들이 담긴 CD를 하나하나 틀어보았다. 서주부만 듣고 갈아치우기를 수 차례. 결국 포기하고 말았다. 그 어떤 곡조도, 악기도 봄빛 속에서는 제 음색을 잃어버리고 말았기 때문이다. 봄날에는 그저 생명들이 내뿜는 빛깔들로 소리에 갈음할 일이다.

봄은 생명들의 불꽃놀이다. 응축된 힘이 빛깔로 터져나오는, 축제 한마당이다. 어둠이 있어 불꽃이 선명하듯 음습했던 겨울이 있어 봄은 더욱 화사하다. 흑과 백이 함축과 여백의 아름다움을 지녔다지만 한 톨의 마른 씨앗에서, 삭정이 같던 가지 끝에서 터지는 색의 조화 앞에서는 속수무책이다.

젊음은 봄이요, 불꽃이다. 그러나 정작 그 아름다움을 아는 것은 흘려보내고 난 후이다. 세수歲數를 더해 가면서 화가의 붓끝이 원색을 탐하게 되는 것도 이 때문이 아닐까 싶다. 인생이 한바탕 봄꿈 같다 한 것도, 그만큼 아쉽고 그립다는 얘기일 것이다.

'한 시각이 천금과 같은 봄밤春宵一刻直千金', '날 새는 줄 모르고 자는 봄잠春眠不覺曉'. 소동파와 맹호연의 절창처럼, 찰나와도 같은 그 나른한 꿈에서 영원히 깨고 싶지 않을 만큼 아름다운 봄날이다.

중력

눈보라가 친다.

바람도 없는데 눈송이들은 이리저리 휘몰리며 좀처럼 내려앉을 기미를 보이지 않는다. 하지만 결국 어딘가에 내려앉을 것이다.

영화 〈Gravity중력〉를 보았다.

"지구 상공 600km. 소리를 전달하는 매개체도 없고 기압도 없으며 산소도 없다.

우주에서의 생명체 생존은 불가능하다."

자막에 이어 밝고 푸른 지구 표면이 클로즈업 되다가 화면이 바뀌면서 깜깜한 우주 공간에 떠 있는 탐사선 익스플로러 호와, 우주선 밖에서 유영을 즐기고 있는 비행사들의 여유로운 모습이 보인다. 의사 출신 임무 전문가인 여주인공 라이언도 고장난 통신시설을 수리하느라 밖에 머물러 있고 남자비행사 코왈스키는 그런 그녀의 주변을 맴돌며 농담을 툭툭 던지고 있다.

그러나 러시아가 수명이 다한 자국의 위성을 미사일로 폭파시키자 그 후유증으로 시속 32,000km의 잔해 폭풍이 발생하면서 평화는 깨어지고 만다. 잔해들에 맞아 비행사들이 죽고 우주선도 파괴된다. 라이언과 코왈스키 역시 위험에 빠진다. 한 차례 폭풍이 지나가자 코왈스키는 폭풍에 휩쓸려 우주 공간을 떠돌고 있는 라이언을 찾아내 서로를 끈으로 연결시킨다. 하지만 또 한 차례 잔해 폭풍이 몰아치면서 목숨이 위태로워지자 그는 그녀를 살리기 위해 연결 끈을 스스로 끊어버리고 우주 공간으로 사라지고 만다.

유일한 생존자가 된 라이언. 간신히 버려진 러시아 우주선에 탑승을 하지만 우주선은 망가져 있어 발사 시스템이 작동하지 않는다. 착륙용만 온전할 뿐이다. 좌절한 라이언이 산소 공급을 끊어 목숨을 포기하려는 순간 코왈스키가 환영으로 나타나 "착륙도 발사다"라는 말을 남기고 사라진다. 그녀는 심기일전, 착륙 시스템을 이용하여 발사에 성공, 중국 우주정거장에 도착을 하고, 천신만고 끝에 파손된

중국 우주선을 이용하여 지구로 귀환한다.

'소리를 전달하는 매개체도 없고, 기압도 없으며 산소도 없'는 무중력의 우주 공간.

우주에 오기 전 지상에서의 그녀의 삶이 그랬다. 유일한 핏줄이요 동반자였던 네 살 된 딸아이를 사고로 잃고 난 후 그녀는 삶의 중력을 잃어버렸다. 딸의 사고 소식을 들었을 때 그녀는 운전을 하고 있었다. 그 후부터 그녀는 병원 근무시간을 제외하고는 운전만 했다. 일상의 삶을 외면한 채 정처 없이 운전만 하고 다녔다. 그것만이 딸아이가 살아 있었던 시간으로 되돌아갈 수 있는 유일한 길이라 생각했기 때문이다. 버티고 설 수도, 설 곳도 없는 무중력의 우주 공간, 그녀의 삶이 그와 같았다.

처음 우주에 들어섰을 때 그녀는 고요함이 마음에 들었다. 자신과는 상관없는 삶의 소음들에 시달리지 않아 좋았다. 하지만 완벽한 고요 속에 홀로 던져지자 비로소 소리의 소중함을 깨닫게 된다. 지상과의 교신을 시도하며 이리저리 주파수를 맞추다가 우연히 들려온 일상의 소리들, 개 짖는 소리, 칭얼대는 아이 소리, 아이를 어르며 부르는 남자의 자장가 소리에 반가움의 눈물을 흘린다. 그리고 그녀를 살리기 위해 스스로 연결 끈을 끊고 우주 공간으로 사라지며 코왈스키가 던지고 간 말을 상기해낸다.

“놓을 줄도 알아야 한다.”

그녀는 기억 속에서 딸을 놓아버리기로 결심한다. 두 발로 딱 버티고 다시 살아보기로 한 것이다. 착륙을 위한 발사다.

바다로 떨어져 침몰하는 우주선에서 탈출하기 위해 그녀는 생명줄이었던, 이제는 거추장스런 존재가 되어버린 우주복을 벗어던지고 물 위로 솟구쳐 오른다. 그리고 지구에서의 첫 숨을 내쉰다. 무한대의 공기를 마음껏 들이마시며 그녀는 하늘을 올려다본다. 조금 전까지 사투를 벌였던 하늘은 평화롭기 그지없다. 그녀는 천천히 해변으로 헤엄쳐 가서 땅을 짚고 일어선다. 몸을 든든히 받쳐주는 땅, 손가락 사이로 파고드는 부드러운 흙. 행복한 눈물을 흘리며 그녀는 우뚝 몸을 일으켜 세운다. 그리고 한 발 한 발 서툰 걸음을 내딛는다. 두 다리로 굳건히 딛고 설 수 있는 대지가, 중력의 힘이 눈물겹게 반갑다.

어느 사이 눈이 제법 많이 쌓였다. 지붕 위에, 나뭇가지 위에, 길 위에……. 방황을 끝내고 앉을 자리를 찾아 앉은 눈송이들. 편안해 보인다.

적지 않은 세월을 살아오는 동안 많이도 헤매며 살아왔다. 그때마다 인연이라는 중력은 나를 끌어내려 삶이라는 대지 위에 붙박아두곤 했다. 그 중력이 반갑고 고마우면서도 허방을 짚은 듯 흔들리는 걸음은 어찌된 영문일까.

언제쯤이면 저 눈송이들처럼 편안하게 내려앉을 수 있을는지. 중력 속에서도 나는 중력이 그립다.

"엄마, 밥!"

아흔네 살의 엄마가 누워 보챈다.

"엄마, 보고 싶어!"

그렇구나. 늙은 엄마에게도 엄마가 있었구나.

싸목싸목 거슬러 사라지는 기억으로 날마다 젊어지고 있는 엄마. 지금, 기억 어디쯤에서 엄마는 엄마를 기다리고 있는 것일까.

밥솥 뚜껑을 열자 밥 냄새가 훅 올라온다. 뜨거운 김과 함께 기억 하나가 모락모락 피어오른다.

"엄마, 밥!"

가방을 마루에 냅다 팽개치며 어린 내가 소리친다.

"오냐오냐 내 새끼. 배고프지?"

구수한 밥 냄새, 엄마 냄새.

그 "엄마, 밥!" 하던 새끼 자라서 "엄마, 밥!" 하는 제 새끼 배 불리며 서른여 해를 품었다. "엄마, 밥!" 하는 제 새끼 만들겠다며 새끼 떠나버린 빈 둥지.

김 나간 밥 한 공기 앞에 놓고 숟가락을 든다. 기억 한 귀퉁이에 잠포록이 머물고 있는 '엄마, 밥!' 불러다 식탁 위에 올려놓고 식은 밥 꾸역꾸역 입에 밀어넣는다.

"오냐오냐 내 새끼, 배고프지?"

꿀꺽, 한 술 밥 목 넘어간다.

마지막 호사

"상식常食을 올리시겠습니까?"

장례사의 물음에 잠시 망설였다.

'무릎이 아파 절도 올릴 수 없는데…….'

문득, 오물거리던 어머니의 입이 떠올랐다.

치매가 심해지면서 음식물을 삼키지 못해 배에 호스를 꽂아 영양을 공급받은 지 3개월여. 입으로 들어오는 것이 없는데도 어머니는 자꾸만 혀를 날름대고 입을 오물거렸다. 혓바닥에는 두텁게 백태가 끼었고 때론 가뭄 든 논바닥처럼 쩍쩍 갈라지기도 했다. 빈 입에 물이라도 몇 모금 넣어드리고 싶었지만 의사는 펄쩍 뛰었다. 사래 들리기라도 하면 바로 폐렴이 온다는 것이었다. 간병인도 손사래를 쳤다. 몰래 나라도 드려볼까 하는 마음이 들었지만 그러다 행여 어머니를 놓칠세라 겁이 났다. 먹는 행위를 기억하고 있다는 것이 형벌처럼 느껴졌다.

"올려주세요. 그렇게 밥 자시고 싶어 하셨는데……."

화장장을 결정하고 나자 유골함 선택이 남았다. 테이블 위에 카탈로그가 펼쳐졌다. 동생이 난초 무늬가 든 단지 사진을 손가락으로 짚으며 나를 쳐다보았다.

해마다 봄이면 마당에는 자줏빛 모란이 활짝 꽃잎을 열었다. 황금빛 꽃술을 내보이며 넉넉한 웃음을 흘리고 있는 모란꽃 앞을 서성이며 어머니는 행복해하셨다.

"난 크고 화려한 모란이 좋더라."

그런 모란을 아버지는 꽃이 지고 나면 전지를 한답시고 싹둑싹둑 가지를 잘라버리곤 했다. 결국 어느 해인가 모란은 꽃망울을 맺지 못하더니 죽고 말았다. "저놈의 영감탱이. 모란하고 무슨 원수가 졌길래……." 어머니는 분을 삭이지 못하고 씩씩거렸다.

카탈로그를 뒤적여 보았다. 자줏빛으로 큼지막하게 모란꽃 두어 송이를 그려놓은 단지가 눈에 들어왔다.

"이것으로 해주세요."

염을 마친 어머니를 뵈었다. 오그라들었던 두 다리를 쭉 편 채 손수 마련해두었던 치자빛 고운 삼베옷을 입고 누워 있는 어머니 얼굴이 참 편안해 보였다. 고별인사를 마친 후 밖으로 나와 마무리 과정을 유리창 너머로 지켜보았다. 장례사는 어머니의 얼굴에 두건을 씌운 다음 몸을 묶기 시작했다.

당뇨병으로 가려움증을 앓고 있던 어머니는 노인성 피부건조증까지 겹치면서 시도 때도 없이 몸을 긁어댔다. 손톱을 바짝 잘라드렸는데도 가슴이든 배든 어머니의 손가락이 거쳐간 자리에는 상처가 나고 피가 맺혔다. 어머니 양 손에 벙어리장갑이 씌워 졌다. 그런 손으로도 온몸을 긁어대다가 어느 날 배에 꽂힌 호스를 잡아 빼버리셨다. 순식간에 벌어진 일이었다. 두 손이 침대에 묶였다. 어머니는 간절한 눈빛으로 간병인에게도, 내게도 애원했다. "이거 좀 풀어주세요, 네?"

장례사는 어머니의 몸을 하얀 천으로 된 끈으로 차근차근 묶어

갔다.

"잠깐만요!"

그가 돌아다봤다.

"그냥, 풀어주세요."

그렇게 어머니는 세 끼 밥 드시고, 두 팔 훠이훠이 저으며, 모란 꽃더미 속으로 성큼 걸어 들어가셨다.

제4부

다시 생각하기

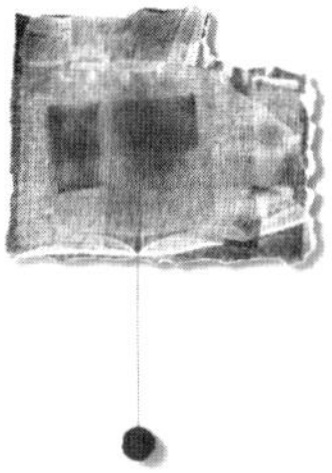

다시 생각하기

모남

볼 때마다 섬뜩해지는 조형물이 있다. 천호대로변 한 건물 앞에 두 줄로 나란히 늘어서 있는 원추형 조각품들이다. 소재도 철제인 듯싶은 데다, 바늘처럼 예리한 모양에 색상마저 노란색이어서 예술적 가치를 가늠해보기에 앞서 오싹 전율부터 일곤 한다. 도대체 저렇듯 날이 선 조형물을 보면서 사람들은 어떤 생각들을 할까.

풍진 세상 호박같이 둥글둥글 살아야 한다는 말이 있었다. 모난 돌이 정釘 맞으니 표적이 되지 않으려면 뾰족함일랑 갈아 없애고 살라는 뜻이기도 하고, 적당히 손해보며 사는 것이 속 편한 일이라는 뜻이기도 할 것이다. 그런 말 때문이 아니라도 나는 세상 모든 이들이 그렇게 둥글둥글 살았으면 좋겠다고 생각하는 사람이다. 그런데 현실은 그렇지가 않다. 더욱이 요즘은 개성시대라 하여 물건도 사람도 엣지edge가 있는, 날이 선 듯 날카롭고 톡톡 튀는 감각적인 것을 매력으로 치는 세상이다. 신입 사원 면접시험에서도 원만함보다는 기발함에 가산점을 준다고 한다. 분초를 다투는 아이디어 경쟁시대에는 모범형보다는 발상의 전환이 나올 확률이 많은 좌충우돌형 인재가 필요하다는 얘기다.

누구에게나 좋은 사람은 좋은 사람이 아니라고 한다. 솔직하지 못하다는 것이다. 자기주장과 자기표현이 솔직함이요 '쿨'로 통하는 세상에서 겸손과 배려는 더 이상 미덕이 아니다. '넌 엣지가 있니? 날을 세워 봐!'라는 광고 카피처럼, 모난 곳을 감추기는커녕 퍼렇게 날을 벼려 자신의 존재감을 확실하게 인식시켜야 하는 세상. 이런 세상에서 살아남기 위해서는 모난 곳을 적어도 한 구석쯤은 지니고 있어야 할 듯싶은데, 반세기가 넘는 동안 둥글게 갈아 닳아버린 내 삶이 과연 뾰족해질 여지를 가지고나 있는지 모르겠다.

변덕

전동차 안에서의 일이다. 삼십대 후반 쯤 되어 보이는 두 여인이 내 앞에 서서 두런두런 얘기를 나누고 있었다. 마침 내 옆에 자리가 나자 서로 양보하느라 잠시 옥신각신하였다. 서너 정거장을 지나자 건너편에 빈자리가 생겼다. 앉아 있던 이가 일행에게 앉기를 권했다. 그는 흘끗 그 자리를 돌아보더니 고개를 살래살래 흔들었다. 나는 얼른 일어나 건너편 자리로 옮겨 앉았다. 두 여인이 목례로 내게 고마움을 전했고 나는 미소로 답했다.

얼마 후, 아가씨 두 사람이 내 앞에 섰다. 생기발랄한 그들의 목소리가 거침없이 전동차 안을 울렸다. 내 옆자리가 비자 그중 하나가 잽싸게 앉는다. 마침 건너편에도 자리가 하나 났다. 서 있던 아가씨가 대뜸 내게 말을 던졌다.

"아줌마, 자리 좀 바꿔줄래요?"

나는 못 알아들은 척 뭉그적거렸고 그러는 사이 건너편 자리는 딴 사람 차지가 되어버렸다. 속으로 쾌재를 불렀다. 수 분 사이에 일어난 마음의 변덕.

어느 날 잔디를 깎던 아버지가 느닷없이 지그재그로 기계를 몰았다. 왜 그러냐고 묻자 아버지는 멋쩍게 웃더니, "지루해서……" 하셨다. 어이가 없어 마주 웃다가 문득 깨닫는다. 왜 아버지의 그림이 신선한 감각을 유지하고 있는가를.

변할 변變에 덕 덕德 자이니 부려서는 안 되는 것이 변덕이다. 그런데 발명도 변덕에서 비롯되고, 청자연적의 한 잎 꼬부라진 파격의 멋도 변덕의 소산이다.

나는 내 글에 변덕을 부리고 싶어 몸부림한다. 그런데 전동차 안에서 잘도 부렸던 변덕은 어디로 간 것일까. 오늘도 내 글은 착실하게 정해진 궤도를 돌고 있다.

쓰레기

가로등 밑이 너저분하다. '당신의 양심을 믿습니다'에 'CCTV 작동 중'까지, 갖은 경고성 문구에도 슬금슬금 쌓이는 쓰레기더미들. 내용물이 꾸역꾸역 토해져 나올 만큼 팽팽한 쓰레기봉투 주변으로 온갖 잡동사니들이 나뒹굴고 있다.

그 자리는 규격봉투에 담은 쓰레기를 놓는 곳이다. 그런데 평소에는 말끔하다가도 쓰레기봉투만 내다놓았다 하면 파리 꼬이듯 어김없이 쓰레기가 모인다. 쓰레기가 쓰레기를 부르는 것일까, 쥐꼬리만 한 양심도 쓰레기라는 인식 앞에서는 쓰레기처럼 버려지는 모양이다.

"쓰레기 같은 인간!"

하지만 혹 들었는가? "연탄재 함부로 발로 차지 마라/ 너는 누구에게 단 한 번이라도 뜨거운 사람이었느냐(안도현)"를. 쓰레기도 언젠가, 누군가에게는 요긴했던 물건이었다. 아낌과 사랑을 받기도 했을 터이다. 욕설에나 쓰일 만큼 가치 없는 존재가 아닌 것이다.

시간은 우리 모두를 쓰레기로 만든다.

쓰레기에게 꿈이 있다면 재활용되기보다는 아주 잘 썩어 거름이 되는 일일 것이다.

때

냉장고 문을 열다가 벽에 눈길이 갔다. 깨끗한 벽지에 한 뼘쯤 때가 묻어 있었다. 웬 얼룩일까? 고개를 갸웃거리며 냉장고 문을 열었다. 필요한 것을 고르다 보니 무심히 왼쪽 어깨가 벽에 닿았다. 꼭 그 자리였다. 잠깐의 어깨 스침이 거듭되면서 그렇게 때가 된 것이다.

새삼스럽게 부엌을 둘러보았다. 냉장고 문이며 찬장 손잡이, 수도꼭지, 하다못해 전등 스위치까지, 손이 스쳐간 자리마다 때가 묻지 않은 것이 없었다. 딴에는 늘 깨끗이 한다고 한 손이었는데 더러움은 어느 틈새에 숨어 있다가 이렇게 자국을 남긴 것일까? 세제로 빡빡 문질러 닦아본다. 겉 때는 지워졌지만 묵은 때가 남는다.

자못 바르게 살아왔다 자부하는 삶도 살펴보면 얼룩이 없을 수 없다. 한세상이라는, 짧지 않은 세월을 지내다보면 알게 모르게 더러움을 타게 된다.

때는 씻어내야 할 더러움이다. 하지만 어떤 것은 시간의 흔적이 되어 도리어 굄을 받기도 한다. 그렇게까지는 아니더라도, 기왕에

피할 수 없는 더러움이라면 지우려 애를 쓰기보다는, 있어서 되레 친근하여 정이 가는 고운 때가 낀 삶을 살다 갔으면 싶다.

영역領域

잘 가꾸어진 잔디밭을 갖고 싶었다. 잡풀 하나 없이 고르고 깔끔하게 손질된 잔디밭은 행복의 상징같아 보였기 때문이다.

서울 변두리에 마당이 있는 집을 마련하였다. 날마다 잡초와 씨름을 하였다. 돌아서면 삐죽이 고개를 내밀고, 이제 되었거니 하면 한줄금 비에 똬리를 틀고 앉는 잡초들. 해가 갈수록 내 체력은 소진해 가는데 잡초들은 2세, 3세를 거느리며 왕성해갔다.

제초제를 뿌렸다. 누렇게 떠가는 풀들을 보니 속이 다 후련하였다. 이렇게 수월할 것을……. 웬걸, 반나절 비를 맞고 나더니 잡초들은 파릇파릇 생기를 되찾기 시작했다. 죽음의 고비를 넘긴 탓일까, 그 번식이 가히 파죽지세였다. 거꾸로 잔디가 잡초가 되고 말았다.

숨이 멎는 것 같았다. 소름이 쫙 돋았다. 대문 앞에 내려놓으려던 장바구니를 번쩍 들어 올리며 뒤로 물러섰다. 내가 잘못 본 것일까? 눈을 몇 번 깜박인 다음 다시 내려다보았다. 틀림없었다. 뱀이었다. 누리끼리한 몸통으로 수없이 작은 S자를 그리며 녀석은 나를 빤히 쳐다보고 있었다. 유선형의 머리에서 두 갈래로 끝이 갈라진 혀가 날름 나왔다 들어갔다. 머리카락이 쭈뼛 서며 온몸이 굳어졌다.

"뱀, 뱀이다!"

내 비명소리에 건너편 고물상에서 주인 남자가 뛰어나왔다. 그제야 굳어진 몸이 풀린 나는 차문을 열고 장바구니를 던져 넣었다. 그리고 다시 녀석을 보았다. 소란함에 위기를 느꼈는지 녀석은 혀를 날름거리며 슬금슬금 움직이더니 방향을 틀어 머리를 대문 밑으로 들이밀려 하고 있었다. 식구들을 부를 시간이 없었다.

"아저씨, 막대기, 막대기 좀 주세요!"

내 키만 한 막대기가 손에 쥐어졌다. 녀석의 머리 쪽 땅바닥을 막대기로 두드렸다. '안 돼! 그리로 가지 마!' 나는 점자를 찍듯 막대기를 두드려댔고 녀석은 요리저리 피하면서 한사코 마당으로 들려고 했다. 대문 안으로부터 느껴지는 서늘한 나무 그늘의 기운과 풀냄새가 녀석을 다급하게 만들었을 것이다.

대결이 치열해가면서 몇 차례 뱀의 몸이 뒤집어졌다. 마침내 녀석은 포기를 하고 담 밑을 따라 슬슬 도망가기 시작했다. 그 뒤를 좇으며 나는 조련사 마냥 막대기를 두드려댔다. 두려움은 이미 사라지고 없었다. 뱀은 몇 번인가 담을 타고 내려온 담쟁이덩굴 속으로 몸을 들이밀려고 고개를 곧추세웠지만 번번이 막대기에 의해 제지당했다.

담이 끝나는 지점에서 걸음을 멈추고 사라지는 뱀을 지켜보았다. 미련이 남은 듯 뜨거운 아스콘바닥 위를 미적미적 기어가는 모습을 보고 있자니 불현듯 쓴웃음이 나왔다. 그것은 영역 싸움이었다. 그런데 그 영역이라는 것이 뱀이나 잡초의 입장에서 보면 어이없고 억울하기 짝이 없는 일일 것이다. 자기들의 터전에 어느 날 느닷없이 나타나 마음대로 경계를 지어놓고 제 영역이라 몰아내고 있으니 말이다.

막대기를 든 손을 물끄러미 바라본다. 내 모양새가 인디언을 몰아낸 백인의 모습에 영락없었다.

장미 세 송이

유리문을 열고 들어서자 덥고 눅눅한 기운이 훅 밀려왔다. 뒤이어 매캐한 흙냄새에, 화초들이 뿜어내는 숨 냄새, 잘려나간 가지 끝에서 풍기는 생목 냄새까지 뒤엉킨 질편한 공기가 숨을 막히게 했다.

전지용 가위로 꽃대를 다듬고 있던 중년의 여인이 눈으로 인사를 건넸다. 그리고 묵묵히 하던 일을 계속했다. 그 무뚝뚝함이 오히려 마음을 편하게 했다.

화훼단지 안에 자리 잡은 그녀의 화원은 자그마했다. 널찍한 면적에 각양각색의 꽃을 피운 화분이며 난분, 기기묘묘한 형상의 분재들을 즐비하게 늘어놓은 다른 가게들 사이에 끼여 초라해 보이기까지 했다. 하지만 생화만큼은 다양하고 풍성했다. 내가 이 가게를 눈여겨 두었던 것도 그 때문이었다.

어느 정도 냄새에 익숙해지자 꽃들이 담겨 있는 양동이 쪽으로 다가갔다. 꽃들 앞에 서면 늘 낭패감이 들곤 한다. 화려한 빛깔들에 홀려 다가가 보지만 막상 고르려 들면 썩 내키는 게 없어 빈손으로 돌아서거나, 마음에도 없는 엉뚱한 것을 들고 나오는가 하면, 고심 끝에 고른 것이 별 볼 일 없기 일쑤기 때문이다. 하지만 오늘만큼은 그런 낭패감에 시달릴 필요가 없다. 장미다. 그것도 노랑 장미를 사야 한다.

어머니가 대성통곡을 하였다.

지팡이를 짚고 아버지의 부축을 받으며 현관 계단을 오르던 중이었다. 갑작스런 어머니의 울음에 뒤를 따르던 나도, 부축을 하던 아버지도 어안이 벙벙해졌다. 울음소리는 걷잡을 수 없이 커져만 갔다.

"왜, …… 안 죽는 거야!"

어머니의 절규가 허공을 날카롭게 찔렀다.

울음은 곧 통곡으로 변했다. 당황한 아버지는 얼른 안으로 들어가자고 어머니를 재촉했다.

"그냥 두세요, 아버지."

눈물로 시야가 흐려져 자칫 발을 헛디딜 위험도 있었지만, 왠지 그래야 할 것 같았다. 어머니는 돌계단에 주저앉아 대성통곡을 하였다.

"내가, …… 어쩌다 이렇게 됐어!"

나는 우는 어머니를 속수무책으로 내려다보았다.

마당으로 눈을 돌렸다. 진달래, 목련꽃은 시나브로 지고 철쭉이며 앵두, 살구나무들이 한창 꽃봉오리를 부풀리고 있는 중이었다. 풀천지가 되어버린 잔디밭에는 민들레, 제비꽃들이 봄볕에 새실거리고 있었다. 그 가운데에 앉아서 어머니는 목을 놓아 울었다.

울음은 그칠 기미를 보이지 않았다. 어머니의 겨드랑이에 손을 넣어 일으켜 세웠다. 봄이라고는 하지만 살 속을 파고드는 돌의 냉기가 아직은 섬뜩할 터이다. 어렵사리 방안으로 들어온 어머니는 앉은 자세 그대로 방바닥에 꼬꾸라진 채 통곡을 계속하였다.

얼마의 시간이 지나고, 나는 티슈 서너 장을 뽑아 눈물 콧물로 범벅이 된 어머니의 얼굴을 훔치며 웅얼거렸다.

"늙어서 그런 걸 어떡해……."

순간 어머니는 거짓말처럼 울음을 그쳤다. 고개를 들어 휴지로 천천히 남은 눈물을 훔치더니 말없이 침대로 올라가 누웠다. 그리고 힘없이 눈을 감았다.

꽃향기가 코끝을 스쳤다. 후각이 그제야 감을 잡은 모양이다. 그 중에도 으뜸은 단연 장미향이었다. 강렬하면서도 은은하고, 고아하면서도 천박한, 모순의 향기. 향기뿐일까. 고혹을 가시로 무장하고, 허무를 신비로 포장하는 배반의 생김새.

어머니가 좋아하는 황금빛 장미는 없었다. 그중 가장 가까운, 테두리에 주황빛이 감도는 것으로 세 송이를 골랐다. 주인여자의 눈에 궁금증이 담겼다.

"어머니가 노랑장미를 좋아하셔서요. 지금 많이 우울하시거든요."

여인의 눈빛이 따스하게 풀어졌다. 사철나무 가지를 몇 개 보태서 묶음을 만들어주었다.

조수석에 꽃다발을 내려놓고 시동을 걸었다. 문득, 의아한 생각이 들었다. 왜 나는 굳이 셋이라는 숫자를 택한 것일까?

언제부터인가, 내게 행복의 상징은 '노랑장미가 있는 집'이 되어 있었다. 그렇다고 내가 특별히 장미를, 그것도 노랑장미를 좋아했던 기억은 없다. '장미'에 대한 따뜻한 기억은 연분홍 피스 장미가 유일하다. 어린 시절, 동무들과 고샅길에서 놀다가 문득 스치는 향기에 고개를 들어보면 우리 집 담장 너머로 흐드러지게 핀 넝쿨장미가 눈에 들어왔다. 그 향기는 달콤했고 포근했다.

시름없던 날들은 너무 짧게 끝나고 말았다. 7살 되던 해 아버지가 돌아가시고, 장미에 대한 따뜻한 기억도 그와 함께 희미해져갔다.

그 집을 떠나고, 이사에 이사를 거듭하는 궁핍한 날들이 이어지면서 어느 날부터인가 '노랑장미가 있는 집' 타령이 어머니의 입에서 흘러나오기 시작했다. 어느덧 내 머릿속에는 연분홍 피스 장미가 넘실거리는 붉은 담장 대신 노랑장미가 만발한 상상 속의 정원이 자리를 잡게 된 것이다. 어머니는 장미를, 그것도 노랑장미를 좋아했고, 지금의 아버지는 결혼 전 언젠가 마당을 노랑장미나무로 가득 채워줄 것을 어머니에게 약속했고, 현재 친정집 마당에는 노랑장미가 없다는 것, 어쩌면 그것이 오늘 어머니를 허물어지게 한 이유가 아니었을까? 늙음은, 단지 도화선에 불과했을지도 모른다.

누워 있는 어머니에게 꽃다발을 내밀었다. 어머니는 부스스 일어났다. 꽃다발을 받아든 어머니의 얼굴에 조금 생기가 돌았다. 말없이 꽃병을 챙기더니 꽃대를 다듬고 사철나무 가지를 요리조리 끼워 넣으며 꽃을 꽂았다.

"노랑장미의 꽃말이 이별이란다."

어머니의 얼굴에 잠시 봄빛이 어렸다. 그래, 어머니에게도 그런 시절이 있었지. 사랑, 이별, 그리움 같은, 그런 것들로 가슴을 앓던.

무슨 대단한 비의秘意라도 품고 있는 듯 겹겹이 품을 여미고 끈질기게 향기를 흘리던 장미의 말로를 보면 허망함을 넘어 배반의 느낌마저 들곤 한다. 삶도 그랬다. 끈질기게 유혹하고, 마침내 배반하는.

아니 배반을 한 것은 삶이 아닐는지도 모른다. '사람이 원한 것이 곧 그의 운명이고, 운명은 곧 그 사람이 원한 것'이라는 프리츠 오르트만의 말처럼, 선택의 순간 배반은 예견되었을 수도 있다는 얘기다. 그러고 보면 셋이라는 숫자는 어쩌면 '무심코'가 아닌, 어머니의 불운한 선택(두 남편과 양녀인 나)에 대한 연민이 내 무의식 속에 잠재해 있었던 것인지도 모른다. 세 송이의 장미는 그런 선택을 할 수밖에 없었던 불운한 여인에게 바치는, 나의 헌정이었다.

화병을 문갑 위에 올려놓고 물끄러미 바라보더니 어머니는 침대로 돌아가 누웠다. 한결 편안해진 기색이다. 장미 세 송이로 얻은 그 편안함이 되레 가슴을 먹먹하게 했다. 가뭇없이 사라져버린 '노랑장미가 있는 집'. 어머니를 향한 아버지의 열정은, 있긴 있었던 것일까?

어두워지는 방 안에서 장미 세 송이가 요염하게 웃고 있다.

자라지 않는 아이

가로 5.5cm, 세로 4.5cm 두께 0.5cm.

휴대용 성냥갑만 한 나무판 위에 올라앉은 쇳덩어리에서 해맑은 음색의 멜로디가 흘러나온다. 손잡이를 돌리면 윤전기같이 생긴 원통이 돌아가면서 그 위에 점자처럼 도드라져 있는 돌기들이 울림판을 들어올려 멜로디를 만들어낸다.

스페인으로 여행을 떠나는 아들에게 부탁을 하여 손에 넣은 오르골이다. 설레는 마음으로 서둘러 포장을 뜯었지만 적이 실망이 되었다. 내가 예상했던 모양이 아니었기 때문이다. 청화靑華무늬 자기瓷器로 된 것도 아닐 뿐더러 태엽을 감아주면 저절로 소리가 나는 것이 아니라 일일이 손품을 팔아야 원하는 소리를 들을 수 있어서 감상의 즐거움이 반감되었다. 시큰둥한 내 표정을 읽은 아들은 그것도 발품을 팔아 어렵사리 구한 것이라며 엄마가 원하는 그런 형태의 오르골은 없었노라고 볼멘소리를 했다.

파리에 머물던 시절, 외출에서 돌아와 텅 빈 방 차가운 침대 시트를 비집고 들어가 누우면 외로움과 함께 까닭 모를 서러움이 밀려왔다. 그럴 때면 나는 머리맡 탁자에 놓여 있는 청화무늬 자기로 된 오르골의 태엽을 감았다. 팽팽하게 감겼던 태엽이 천천히 풀리면서 청아한 선율이 흘러나오면 얼어붙었던 마음이 스르르 녹아내리며 포근해졌다. 마치 안데르센의 동화 속 성냥팔이 소녀가 성냥 한 개비를 그어 얻은 환상 속의 따뜻한 가정 풍경처럼, 티 없이 맑은 오르골 소리는 나에게 행복한 상상을 선사하며 온기를 불어넣어 주었다.

어머니와 아버지는, 내 기억이 허락하는 한, 내내 불화했다. 평생을 물과 기름처럼 서로 겉돌며 살았다. 아니, 불과 기름 같았다. 부딪히면 서로로 인해 활활 타올라 걷잡을 수가 없었다. 아버지의 외박은 차라리 내겐 평화였다. 거의 매일 되풀이되는 그런 두 분의 다툼이 어려서는 무서웠고 사춘기 때는 혐오스러웠고, 어른이 되어서는 분노를 불러일으켰다. 분노의 감정은 내게 부정적인 가정의 이미지를 심어준, 그리하여 일찌감치 염세와 허무를 알게 해준 부모의 이기적인 행태에 대한 원망이었을 것이다.

갓 구운 토스트와 달콤한 잼, 그리고 따뜻하게 데워진 하얀 우유가 있는 아침 식탁. 눕히면 눈을 감는 서양 인형을 왼팔에 안고 빵을 먹고 있는 내 또래의 여자아이와 그 곁에서 동생인 여자아이를 실없이 툭툭 건드리고 있는 사내아이. 그런 남매를 자애로운 눈빛으로 바라보고 있는 부모. 때맞추어 울리는 뻐꾸기시계의 그윽한 뻐꾸기 울음소리. 초등학교 6학년 때, 폐 침윤을 치료하기 위해 한 달 가량 머물렀던 의사의 집에서 맛본 평온하고 안락한 가정은 평생 내가 그리는 풍경이 되었다.

악머구리 같은 싸움판에서 벗어나는 길은 결혼밖에 없었다. 하지만 결혼은 꿈에 그리던 그런 가정은 환상에 불과하다는 걸 다시 한번 깨닫게 해주었고, 나는 그 풍경을 가슴에 꼭꼭 묻어두어야 했다. 어쩌면 내 잘못이었는지도 모른다. 질곡 같았던 당시의 삶에서 벗어나는 수단으로 결혼을 선택했을 뿐, 그 풍경을 내 손으로 이루어보겠다는 의지는 애당초 없었기 때문이다. 나는 그저 어른인 내가 노력하여 일구어낸 것이 아니라, 어린아이로서 그런 가정의 따뜻함을 누려보고 싶은 터무니 없는 꿈에서 아니 망상에서 헤어나오지 못하고 있는, 자라지 않은 아이였다.

돌아가시기 전 어느 날, 비몽사몽 간에 어머니가 울먹이며 보챘다.

"엄마, 보고 싶어!"

어른으로 살아오는 동안 어머니도 가슴 속에 어리광을 피우는, 자라지 않은 아이를 품고 있었나 보다. 어쩌면 우리 모두는 어른이 되어서도 어느 시절의 어린 나 하나 가슴에 품고 살아가고 있는지도 모르겠다.

서초동 서래마을 근방에 오르골 가게가 있다고 한다. 가까운 시일 안에 찾아가볼 참이다. 외롭고 서러웠던 시절 나를 위로해주었던 청화무늬 자기로 된 오르골을 사다가, 늘그막이 되어서까지도 자라지 못하고 있는 내 안의 아이를 달래줄 생각이다.

풍경 셋

풍경, 하나

'For My Family'

티슈통 전면, 가로 20㎝ 세로 10㎝쯤 되어 보이는 직사각형의 공간에 반원형으로 새겨진 그 글자는 아주 즐겁고 행복한 표정이다. 그도 그럴 만한 것이 글자 주변으로 단란한 가정의 모습이 그려져 있다. 멋진 아빠, 예쁜 엄마의 웃는 얼굴 사이에서 튤립 꽃이 하트를 뿅뿅 날리고, 커튼이 드리워진 창가며 집안 곳곳에 놓인 화분들에는 가지가지 꽃들이 활짝 피어 있다. 등에 가방을 메고 둥근 뿔테 안경을 쓴 남자아이와, 양머리 마냥 양쪽으로 머리를 묶은 어린 여자아이의 얼굴에도 웃음꽃이 피었다. 그런 그들을 살지고 땅딸막한 키의

애완견이 사랑스런 표정을 지으며 올려다보고 있다. 축하 케이크와 파티용 고깔모자, 꼬리연이 춤을 추고, 빨간 안장의 자전거 앞뒤 장바구니에는 식료품들이 한가득 담겨 있다.

옆면으로 돌려 본다. 소파 위에 앉아 한 발을 애교스럽게 들어올리고 있는 고양이와 생활소품들 사이에서 아이들의 삼촌, 고모쯤 되어 보이는 젊은 남녀가 활짝 웃고 있다. 반대쪽 면에는 요리책이 펼쳐져 있는 주방 풍경과 함께 반백의 머리를 5 대 5로 단정하게 가르고 안경을 코끝에 걸친 인자한 모습의 할아버지와, 우아하게 틀어올린 머리에 귀걸이를 한 할머니가 웃음을 흘리고 있다. 멋지고 건강한 모습들이다.

이 모든 것을 아우르듯 정면 맨 꼭대기에서 푸른색 물뿌리개가 'For My Family' 위에 물을 주고 있다.

행복이 무럭무럭 자라고 있었다.

 # 풍경, 둘

우리 동네에 천국이 왔다.

'한우천국'.

1, 2층을 온통 차지한 천국은 대낮에도 불빛이 휘황했고 각양각색의 승용차들과 사람들로 북적였다. 삼삼오오 천국에 입성한 사람들

은 풍성한 식탁 앞에서 먹고 마시고 웃고 떠드느라 손과 입이 쉴 틈이 없었다. 식탁들 사이를 아이들이 통통거리며 뛰어다녔다. 마침내 포만감에 젖은 그들은 느긋한 걸음으로 천국을 나섰다. 뒤를 이어 한 무리의 사람들이 서둘러 천국에 입성했다. 천국은 늘 만원이었다.

어느 날, 3층에도 불이 켜졌다.

창백한 형광등 아래 도열하듯 늘어서 있는 철제 의자와 테이블들. 인기척이 없었다.

테이블 위에는 인형들이 덩그마니 놓여 있고 유리창에는 하얀 나비 스티커가 붙었다. 썰렁한 그 풍경 위로 커다랗게 글자들이 매달렸다.

'○○노인 주야간 보호센터'

 # 풍경, 셋

겨울 숲속.

고요하다. 새들도, 바람도, 기척이 없다.

잔가지들을 섬세한 그물망처럼 하늘에 펼쳐놓고 나무들은 빈 몸으로 서 있다. 나무와 나무 사이가 헐렁하다. 잎이 무성할 때는 서로 얼싸안아 한몸 같았던 나무들은 그러나, 혼자다. 어찌할 수 없는, 그만큼의 거리에서 홀로 서 있다.

나무 사이를 걷는다. 발밑에서 마른 잎들이 바스러지며 신음소리를 낸다. 나무들은 묵묵히 지켜볼 뿐이다.

옹이 지고 휘어지고, 더러는 껍질이 갈라진 나무들. 그 거친 몸통에 등 붙이고 서서 휴대폰을 켠다. 동영상 〈모세 주제에 의한 변주곡〉을 클릭한다. 짧은 피아노 전주가 흐르고 곧이어 첼로가 아다지오로 비장하게 주제를 풀어놓는다. G선 하나에서 느리게 놀던 연주자의 손놀림이 빨라지며 짤막하게 카덴차를 만들어내더니 이윽고 변주가 시작된다. 경쾌하면서도 한 자락 비장함이 깔린 제1변주, 빠르고 활기찬 제2변주를 지나 제3변주에 이르자 빠르기는 절정을 이루더니 현란한 기교로 화려하게 끝을 맺는다. 공허한 울림이 숲을 흔든다.

잎 틔우고 꽃 피우고 열매 맺고. 화려한 물들임을 마지막으로 변주를 끝낸 나무들은 이제 주제로 돌아와 있다. 머지않아 나무는 다시 변주를 시작할 것이다. 그러나 그 나무를 이 나무라 이름할 수 있을까.

지금까지 생긴 일들을

꿈이라 여겨보지만

마음은 조금도 밝아지지가 않는구나

이시카와 다쿠보쿠의 탄식이 서늘하게 다가온다.

맛 그리기

"혜연이 밥 굶겼소?"

전주댁 아주머니가 어머니에게 건넨 말이었다.

"그게 뭔 소리다요?"

어머니는 휘둥그레진 눈으로 되물었다.

"쩌어리 좀 가 보쑈. 쩌 집 밥상머리에 찰싹 달라붙어서 실갈치 뜯고 있응께."

어머니는 허겁지겁 전주댁 아주머니가 가리키는 곳으로 걸음을 옮겼다. 그리고는 아주머니 집에 세 들어 사는, 문간방 식구들 사이에 끼여 밥을 먹고 있는 나를 발견하고는 식겁을 하였다.

"자가 뭔 일이당가. 아이고, 아짐니 미안허요."

“지가 되레 민망하구만이라우. 있는 집 자석헌테 실갈치 조림이나 멕이고 있응께요.”

그리고는, 제 집 지니고 있으며 끼니 거르지 않고 살 만한 형편이었던 우리 집을 ‘있는 집’이라 여겼던 문간방 아주머니는 보잘것없는 찬임에도 성큼 다가와 맛있게 먹어주는 내가 기특했던지 복 받을 거란 덕담을 덧붙였다. 그렇게 나는 어릴 때부터 식성이 좋았다. 반찬 투정은커녕 김치 한 가지만 있어도 밥 한 그릇을 뚝딱 해치웠다.

내가 어릴 때만 해도 전라도에서는 학독이라 부르던 돌절구에 양념을 갈아 김치를 담가먹었다. 요즘은 돌확이라고 불리며 수생식물을 키우는 데 쓰이는 앉은뱅이 절구에 붉은 고추, 마늘, 생강, 달인 멸치젓국 서컨 생멸치젓 건더기를 넣고 밥 두어 술, 혹은 찹쌀풀을 넣은 다음 손바닥만 한 크기의 둥글고 매끈한 돌로 갈아 김치 양념을 만들었다. 양념이 걸쭉하게 갈아지면 잘 절여진 열무나 배추를 넣고 손가락 한 마디 정도로 자른 쪽파, 부추와 함께 쓱쓱 버무렸다. 비릿하면서도 매콤 짭조름한 김치 냄새가 솔솔 풍겨 올라오면 곁에 쭈그리고 앉아 지켜보던 나는 침을 꼴깍 삼켰다. 곧 이어 학독 곁에서는 김치 파티가 벌어졌다. 식은 밥을 입에 한 술 떠넣고 기다란 열무 한 가닥, 혹은 쭉쭉 찢은 배추김치 한 쪽을 손가락으로 집어 고개를 발랑 뒤로 젖히고 입을 쩍 벌려 먹었다. 생김치에는 찬밥이 제격이었다.

아직도 눈에 선한 그 장면과 혀끝에 남은 그 김치맛은 이제 그림의 떡이 되고 말았다. 몇 년 전부터 나는 왜놈(?) 음식 같은 희멀겋고 무덤덤한 것들만 먹고 산다. 자극적인 것이라면 죄다 거부하는 위장 때문이다. 한술 더 떠 요즘은 부실해진 치아 때문에 죽처럼 부드러운 음식만 먹고 있다. 내 몸이지만 내 마음대로 부릴 수 없는 그놈들이 내게서 사는 재미 하나를 앗아가버린 것이다.

한류드라마로 인기를 끌었던 사극 〈대장금〉에서 경연競演을 앞둔 수라간 나인 '장금'이 미각을 잃고 절망에 빠져 있자 스승인 상궁이 이른다. "머릿속에 맛을 그려보거라." 혀에 의존하지 말고 재료 하나하나의 성질과 맛을 기억해내 맛의 조합을 상상하여 음식을 만들어 보라는 것이다. 장금은 멋지게 그것을 해낸다.

내가 요사이 그렇게 맛을 그리며 산다. 유감스럽게도 장금이처럼 맛을 그려 요리를 창조해내는 것이 아니라 TV 먹방에 등장하는 요리라든가 메뉴판, 그리고 일행들이 먹는 음식들을 보며 맛을 상상하는 것이다. 아니, 상상이라기보다는 맛의 기억을 끌어오는 것이라는 게 맞을지도 모르겠다. 그리고는 마치 옛이야기 속 자린고비가 굴비 한 마리 눈앞에 걸어놓고 바라보면서 밥을 먹듯이, 기억 속의 맛들을 혀끝에 끌어와 음미하며 희멀겋고 무덤덤한 것들을 먹는 고역을 이겨낸다.

함께 밥을 먹으러 가면 나를 안쓰럽게 여기는 것도 잠시, 일행은 곧바로 자기 음식에 탐닉하곤 한다. 그런 그들을 지켜보면서 나는 종종 곤혹스러워지곤 한다. 맛을 기억하고 있는 것이 행인지 불행인지 가늠이 안 되어서이다.

여덟 살에 청력을 잃은 운보 김기창 화백을 생각해본다. 그에게 소리에 대한 기억이 없었다면 〈새벽 종소리〉와 같은 감동적인 그림이 탄생될 수 있었을까.

언감생심 대가의 예술혼을 탐하겠으며, 장금이의 감각을 흉내내겠는가. 나는 다만, 톡 쏘는 겨자며 와사비, 달콤새콤 초고추장, 매콤달콤 고추장을 버물어 머릿속에 그린 맛으로 침샘을 자극하여, 깔깔한 입안을 촉촉하게 해주는 기억이 존재한다는 것을 다행으로 여길까 한다.

그나마 남아 있던 입맛마저 잃어버린 무더운 여름날, 학독 곁에 앉아 집어먹던 매콤짭조름한 열무김치 맛을 그리며 찬물에 말은 밥 한술 꿀꺽 삼킨다.

염려

양란이 활짝 꽃잎을 열었다. 베란다에 내어놓은 두 개의 난분에서 흰 색, 자주색의 꽃 오십여 송이가 피어나 절기에 앞서 봄을 알린다. 드는 햇살만으로 깜빡 겨울임을 잊게 만드는 것이 남향 아파트이다. 하지만 아침저녁으로는 아직 영하의 날씨다.

겨울을 먼저 알리는 것도 이 두 개의 난분이다. 누른 잎이 하나둘씩 생기기 시작하면 서둘러 거실 안으로 들여놓는다. 추위가 시작된 것이다. 거실에서도 베란다 쪽에 가장 가까운, 햇볕이 잘 드는 자리가 그들의 지정석이다.

따뜻한 실내 공기와 충분한 일조량에도 꽃대는 좀처럼 올라올 기미를 보이지 않다가 모진 추위가 가실 때쯤 어느 날 슬그머니 고개를 내민다. 가끔은 새순이려니 깜빡 속기도 한다. 그때부터 내 공력이 들어가기 시작한다. 물 챙겨주기와 분무기로 습도를 유지해주는 세심한 보살핌이 시작되는 것이다. 꽃대가 키를 키우고 꽃망울이 통통하게 살이 오를 때까지 그야말로 노심초사다. 맺힌 꽃망울 수를 세어보고, 그 하나하나가 온전히 꽃잎을 열 때까지 행여 떨어질세라, 마를세라 관심을 쏟아붓는다. 그런 정성에도 가끔은 몇몇 봉오리가 꽃잎을 열지 못한 채 시들어 떨어지기도 한다. 그러면 내 노심초사는 극에 달한다.

무사히 꽃 피우기를 마치고 두 달쯤 지나면 서서히 꽃잎이 윤기를 잃으면서 꽃송이가 떨어지기 시작한다. 그렇게 모든 꽃이 지고 나서야 비로소 마음을 놓고 베란다로 내놓는다. 그때쯤이면 밤공기에도 한기가 묻어나지 않는다. 봄이 무르익은 것이다. 그렇게 함께해온 세월이 이십여 년이다.

노심초사, 애지중지하던 그들을 올 봄에는 꽃망울이 막 부풀기 시작할 무렵에 베란다로 내어놓았다. 알레르기 비염이 심해졌기 때문이다. 양란은 향기가 없는 것으로 알고 있지만, 혹시라도 내가 맡지 못하는 향기를 가지고 있는 것은 아닐까 싶어 모질게 마음을 먹은 것이다. 하지만 나 살겠다고 추위 속으로 여린 것들을 내팽개친 것이 마음에 걸려 수시로 내어다보곤 했다. 그런데 거실 안에서는 하루가 다르게 몸피를 불리던 꽃망울들이 잠잠해졌다. 저러다 피지도 못하고 떨어지는 것은 아닐까 걱정스런 눈길을 보내던 중, 꽃봉오리에서 미세한 변화를 발견했다. 파리하던 낯빛에 혈색이 돌고 있어 더디 부푸는 대신 꽃잎이 도톰해지고 빛깔도 한층 선명해졌다. 꽃망울도 훨씬 커져 튼실해 보였다. 햇빛과 추위에 담금질을 하며 강인해진 것이다. 그렇게 오십여 송이는 느린 행보로, 그러나 야무지고 탐스럽게 꽃을 피워 한 달이 넘도록 눈을 즐겁게 해주고 있다.

얼마 전, 생활고를 견디다 못해 두 아이와 동반자살을 한 어느 아버지 이야기를 들었다. 가슴이 서늘해졌다. 아마도, 각박한 세상에 남겨져 자신이 겪었던 험한 행로를 되풀이할 아이들이 염려되어서 벌인 일일 것이다. 개천에서 용 나기 힘들어진 세상이니 그 아버지의 모진 행위를 잘못되었다 매도할 수만은 없는 노릇이다. 하지만, 아무리 부모로부터 비롯된 목숨이라고 해도 태어난 순간 엄연한 하나의 생명체로 독립한 것이니, 부모라 해서 자식에게서 그렇게 삶의 기회를 앗아버릴 권한은 없는 것이다.

'제 밥그릇은 제가 차고 나온다', '젊은이 홀대하지 마라'는 말이 있다. 운명론적인 이야기이긴 하지만 알 수 없는 것이 젊은 사람의 앞날이다. 그 아이들은 아버지의 염려와는 달리 고초를 겪으면서 도리어 강인해져 삶을 잘 꾸려갈 뿐만 아니라 행복해질 수 있었을지도 모를 일이다.

비록 살을 에는 추위는 아니었지만 고난을 잘 견뎌내고 건강한 낯빛으로 봄볕을 즐기고 있는 꽃송이들을 보면서 부디 그릇된 염려로 생명을 유린하는 일이 더는 일어나지 않기를 빌어본다.

황금집

그 수레가 모습을 보인 것은 서너 달쯤 전이었다. 골목 초입에 있는, 어느 집 지하 방으로 내려가는 문 곁이었다. 날이 추워지면 심심찮게 볼 수 있는 것이 붕어빵 수레다. 하지만 그 수레가 유독 내 관심을 끈 것은 꾸밈새가 여느 것들과는 달랐기 때문이다. 빨강과 파란색 줄무늬가 그려진 비닐 천으로 깔끔하게 지붕을 얹고, 색색의 물고기 그림들로 몸체를 장식한, 동화 속에나 나옴직한 깜찍한 모습이었다. 몸체 중앙에 그려놓은 황금색 타원형 안에는 검은색 글씨로 수레의 이름이 적혀 있었다.

'황금집'.

황금알을 낳는 거위를 기대하는 걸까, 만지는 것을 모두 황금으로 변하게 하는 미다스의 손을 꿈꾸는 것일까. 작은 수레 위에 얹어진 턱없이 무거운 이름이 어이없어 실소를 터뜨리다가 문득 코끝이 찡해왔다. 한 가장의, 아니 어쩌면 한 가족의 간곡한 바람이 거짓 없이 전해왔기 때문이다.

그날부터 골목을 들고날 때마다 유심히 수레를 살펴보기 시작했다. 출정식을 앞둔 선수를 지켜보듯 가슴 두근거리며 수레가 세상으로 나갈 날을 고대하였다. 부디 장사가 잘 되어 그 가족의 소원대로 황금을 만들어 내는 집이 되기를 기원하는 마음이었다.

그러나 일주일이 지나고 보름 지나 한 달이 다 되어가도록 그 수레에서는 세상 속에 머물다 온 흔적을 찾아볼 수가 없었다. 깔끔하던 지붕에는 흙먼지가 쌓이고 화사하던 페인트 빛깔도 점차 퇴색해가더니, 급기야 하나둘 바퀴에서 바람조차 빠져나가 수레는 그만 주저앉고 말았다. 하루 일을 마치고 돌아온 수레가 남긴 흔적에서 그날 거두어들인 황금의 무게를 가늠해보려던 내 즐거움도 따라 주저앉아버리면서 마음이 울적해졌다. 다시 깔끔하게 단장을 하고 나서주기를 간절히 바랐건만 그럴 기미를 보이지 않더니, 어느 날인가 홀연히 모습을 감춰버리고 말았다.

허전한 마음에 지하방 입구를 기웃거려보았다. 남다른 꾸밈새로 볼 때 그 수레의 주인은 디자인 계통의 직업에 종사하던 사람이 아니었나 싶다. 불황으로 인해 실직을 하고 우여곡절을 겪으며 지하방

까지 흘러 들어오게 되었을 것이고, 오랜 망설임 끝에 수레를 장만하였을 것이다. 수레의 깔끔한 꾸밈새는 어쩌면 그의 마지막 자존심이었는지도 모른다. 그런 수레에 먼지가 쌓이고 바퀴가 주저앉기까지의 시간 동안 도대체 그에게 아니, 그의 가족에게 무슨 일이 일어난 것일까?

황금알을 낳는 거위 이야기도, 미다스의 손 이야기도 모두 씁쓸한 결말을 맞는다. 지나친 욕심 때문이었다. 턱없이 무거운 이름을 얹은 것도 과욕이었던 것일까. 황금알 하나 낳아 보지도, 미다스의 손 한 번 되어 보지도 못하고 사라져버린 황금집.

두 아이를 앞세우고 남동생이 들어선다. 축 처진 어깨, 얼굴빛이 어둡다. 십여 년째 승진 대상에서 밀려나 얼굴에 불만이 가득하다. 그런 동생을 볼 때마다 안쓰러운 한편 시한폭탄을 보는 듯 조마조마하다.

그 폭탄이 드디어 터지고 만다. 직장을 때려치우겠다고 한다. 디자인을 전공한 사람이 일반 사무직에서, 그것도 번번이 승진을 아랫사람에게 추월당하는 심정이 오죽하랴 싶으면서도 답답한 마음에 그만두면 뭘 하려 하느냐 물으니, 동생은 “붕어빵 장사라도 하지 뭐” 한다. 순간 먼지투성이에 바퀴까지 주저앉았던 ‘황금집’이 눈앞을 스쳐간다. 나도 모르게 목청이 올라간다.

"붕어빵 장사는 아무나 하는 줄 알아!"

지하방 앞을 지나며 기웃거린다. 혹시, 턱없이 무거운 이름을 얹어야만 했던 그 간절함과 용기를 미쁘게 여겨, 수레가 알라딘의 마술 램프처럼 요술을 부려주고 사라진 것은 아닐까?

이른 아침, 말쑥한 정장 차림으로 식구들의 배웅을 받으며 힘차게 계단을 올라오는 지하방 남자의 모습을 꿈꾸어본다.

현자의 돌

— 히라노게이치로의 『일식』을 읽고

십자가 사이로 한 어린 소녀가 세상을 엿보고 있었다. 네댓 살쯤 되었을까. 속눈썹이 길게 뻗은 커다란 눈, 통통한 볼, 앙증맞은 입술이 그림에서 본 아기 천사의 얼굴처럼 사랑스러웠다. 그러나 행여 놓칠세라 고사리 같은 두 손으로 십자가를 꼭 움켜쥐고 있는 아이의 눈망울에는 천사의 무구함 대신 의심과 두려움이 가득 담겨 있었다.

몇 해 전, 어느 조간신문에 실렸던 흑백사진이었다. '레바논 소녀의 평화 기원'이라 쓰인 기사 제목 아래에 '회교 게릴라 헤즈볼라의 보복을 우려해 이스라엘군 기지에 피신해 있는 한 레바논 난민 소녀가 종교행사에 참여하고 있는 장면'이라는 설명이 곁들여 있었다. 십자가와 어린 소녀! 하지만 제 얼굴보다 큰 십자가를 방패처럼 들고 있으면서도 불안한 기색을 떨치지 못하고 있는 아이의 표정은 내 가슴을 무척 아프게 했었다.

해묵은 그 사진이 새삼 머리에 떠오른 것은 히라노 게이치로의 소설『일식』을 읽으면서였다.

"역질은 날이 갈수록 마을 어디랄 것도 없이 모조리 침범하고, 거인의 모습은 점점 더 많은 자들에게 목격되었으며, 호우는 강을 범람시켰다. 사람들은 밤새 울부짖다 겨우 진정된 하늘을 불안하고 불경스런 분노의 눈으로 올려다보았다."

오백여 년 전, 프랑스 리옹 근교 개간촌 사람들이 하늘을 바라보던 눈빛 위로 레바논 소녀의 눈빛이 오버랩 된 것이다.

혼돈의 세월일수록 인간은 절대적 존재에 의존하고 싶어한다. 하지만 그 절대적 존재가 갖가지 악을 모조리 꿰뚫어보고 있으면서도 침묵만을 지키고 있을 때 불신과 갈등은 시작된다. '가혹한 현실에 사는 인간은 신의 사랑을 믿기보다는 분노의 신, 벌주는 신을 생각하는 편이 훨씬 더 편하다'라고 했던 '엔도 슈샤쿠'의 말처럼, 신의 침묵은, 보답 받고 위로 받지 못하는 신앙은 회의를 불러일으키기에 충분한 것이다.

15세기 말 유럽은 그런 혼돈의 시대였다. 십자군 원정, 페스트, 백년전쟁, 르네상스 운동 등을 거치면서 유럽 사회는 변화를 거듭한다. 절대 권력을 휘두르던 교회 역시 그 영향에서 벗어날 수 없었다.

신학과 철학, 신앙과 이성을 조화시킴으로써 신과 우주와 인간의 문제를 통합하여 이해하고자 했던 스콜라 철학이 쇠퇴하고 후기 스콜라 학파에 의해 이성과 신앙이 분리되면서, 하나님을 오로지 영적인 차원에서만 이해하려는 신비주의가 등장하게 된다. 하지만 교황청의 분열과 부패로 교회가 타락하자, 이를 비판하고 교황의 절대성에 항거하는 운동이 일어난다. 이런 분열의 틈새를 마니교, 이슬람교와 같은 이단의 교리들과 연금술이 비집고 들면서 혼란은 가중된다.

당황한 교황청은 청빈과 금욕을 실천하는 프란체스코회와, 설교를 교화의 수단으로 하는 도미니크회를 앞세워 이단자를 설득하는 한편, 이단심문관제도, 속칭 마녀재판으로 이단자를 처단함으로써 민심을 수습하고 실추된 권위를 되찾아보려 하지만 여의치 않았다. 더욱이 르네상스 운동의 파급으로 신성神性에 저항하고 인간정신을 회복하려는 움직임이 신흥 시민계급 지식인들을 중심으로 일어나면서 교회는 심각한 위기를 맞게 된다.

작가는 이런 중세 말기 유럽의 혼란한 상황을 이지적이고 냉철한 젊은 수도사의 눈을 빌려 묘사함으로써, 당시 교회의 부조리함과 신학의 한계를 꼬집는다.

주인공 니콜라는 스콜라 철학의 부흥을 꿈꾸는, 도미니크회 소속 신참 수도사이다. 파리대학에서 신학 수업을 받던 그가 우연히 이교도 철학서 『헤르메스 선집』 사본 일부를 발견하면서 이야기는 시작된다. 하지만 그 책은 너무 낡아서 상당 부분이 훼손되어 있었다.

이교철학의 위협을 대수롭지 않게 여기고 있던 다른 동년배 수도사들과는 달리, 그는 이교철학이 장차 교회 체계를 와해시킬 위험 요소가 될 것을 예견하고 있었다. 하지만 돈을 목적으로 속세의 권력과 결탁하는 일마저 마다 않는 '이단심문제도'로는 이교의 범람을 저지할 수 없다고 판단한 그는 이교 철학을 철저히 파헤쳐보기로 결심한다. 적을 물리치려면 적을 잘 알아야 하는 법. 오류를 철저하게 찾아내어 무릎을 꿇게 할 심산이었다.

그는 13세기 토마스 아퀴나스에 의해 꽃을 피웠던 스콜라 철학의 신봉자이다. 하지만 그는 거기에 머물지 않고 그것을 초월하는, 신에 대한 새로운 시각을 열망하고 있었다. 이교 철학을 파헤쳐보고자 하는 것도, 혹시라도 신에 이르는 새로운 길을 발견할 수 있지 않을까 하는 기대가 있었기 때문이기도 했다. 그래서 그는 『헤르메스 선집』의 완본을 구하기 위해 피렌체 여행길에 오르게 된다.

여정에서 그가 첫 번째로 만난 사람은, 같은 도미니크회에 속하는 수도사 자크 미카에리스였다. 그는 성당 마당에서 설교를 하고 있었다. 니콜라는 자크의 일거수일투족에 감동의 눈길을 보내고 있는 민중들을 보면서, 청빈과 금욕으로 일관된 사목활동과 그로 인해 민중들이 갖게 된 그릇된 신앙에 대해 회의를 느낀다. 그 시대의 민중들이 보여준 신앙이란 철저한 금욕에 대한 단순하고도 소박한 존경심이었고, 교의보다는 교의를 이끄는 사람을 선택의 기준으로 삼고 있었다. 그것은 신앙이라기보다는 스스로의 욕구를 충족시키는 데 가장 합당한 자들을 추종하는 것에 불과했다.

그들은 그리스도에게서도 단지 생활규범을 몸소 실천하는 탁월한 인격자의 모습밖에 보지 못했다. 니콜라는 고뇌한다. 기독자들은 영적인 생활에 충실한 한편 육신의 생활도 부정할 수 없는 존재이기 때문이다. 수도사들 또한 인간에 다름 아닌 것이다. 그러나 대부분의 수도사들은 이런 고뇌는 외면한 채 청빈만을 강요하고 실천하며, 교의로써가 아니라 그들 자신에게 쏟아지는 감동을 이용하여 민심을 거머쥐려 하고 있었다. 하지만 니콜라의 생각은 달랐다.

"청빈은 포교를 위한 수단이 아니라 단지 그리스도를 탐구하는 궁극적인 목적으로서만 의미를 가져야 한다. 우리는 항상 그리스도가 왜 인간으로 모습을 드러냈는가를 염두에 두어야 한다. 우리는 이 세계를, 이 육신과 물질의 세계를 동시에 사랑하지 않으면 안 되는 것이다."

다음으로 그가 만나게 되는 인물은 타락한 사제 유스타스였다. 술과 육욕에 탐닉해 있는 그에게서는 나태하고 냉소적인 기운이 흘렀다. 자크와 유스타스. 그 두 인물은 그 시대의 교회가 가지고 있던 극명하게 다른 두 모습이었으며, 부조리의 표본이라고 할 수 있었다. 여기에 타락의 산물인, 절름발이 대장장이 기욤의 아내와 사제 사이에서 태어난 '장'이라는 아이가 등장하면서 니콜라는 잠시 혼란과 절망에 빠지게 된다. 벙어리이며 백치인 그 아이의 표정 없는 얼굴을 보면서 그 아이가 영과 육의 결합의 '그 이르지 못함'을 보여주려는 신의 표식인 것만 같아 불안해진 것이다.

그러나 연금술사 피에르를 만나면서 그는 차츰 안정을 찾게 된다. 그는 피에르에게 강하게 끌려 들어갔다. 그의 해박한 지식과 연금로鍊金爐를 대하는 경건한 태도 때문이었다. 연금로를 대하는 그의 태도에는 수도사들이 미사를 행하고 성체를 배령할 때와 같은 엄격함과 경건함이 있었다. 무언가 숭고한 존재와 접촉하고 있는 듯한 모습이었다.

그런 피에르의 모습을 보면서 그는, 설령 목적하는 바를 이루지 못한다 하더라도 작업 자체가 목적에 이르기 위한 수양의 기술로 쓰일 수 있다면, 연금술이라는 것을 이단의 작업이라고 부정할 수만은 없는 것 아닌가 하는 생각을 하게 된다. 오히려 그 이교적인 비술秘術에서 카톨릭이 조금씩 상실해가고 있는 어떤 근원적인 강한 매력이 존재하고 있음을 느낀다.

그러나 무엇보다도 그의 호기심을 불러일으킨 것은 '현자의 돌'이라는 물질에 대한 피에르의 해석이었다. 피에르가 연금술에서 얻고자 한 것은 바로 그 '현자의 돌'이었다. 연금술의 궁극적 목적은 모든 금속에서 황금을 얻어내는 것이다. 그러나 그것은 매개체 없이는 불가능한 일이다. 피에르에 의하면 그 매개체가 되는 것이 바로 '현자의 돌'이라는 것이다.

'현자의 돌'이 얻어지는 과정은 피에르의 설명에 의하면 이러했다.

아리스토텔레스의 4원소, 즉 흙 물 공기 불, 이 네 가지 원소는, 흙과 불에 해당하는 유황과 물과 공기에 해당하는 수은이라는 두 개의 원질로 대립한다. 그 각각은 불휘발성과 휘발성, 가연성과 승화성, 그리고 남성과 여성이라 칭하는 반대의 성질로 되어 있다. 이 두 개의 원질을 결합시키면 '레비스'라고 하는 재료가 얻어진다. 이 재료는 두 개의 본질을 전혀 잃는 법 없이 그대로 보전하고 있는, 말하자면 '결혼'과도 같은 상태에 있다. 이 '레비스'를 죽여 부란腐爛시킨 후 부활시킬 때 비로소 대립된 두 물질은 하나가 되고, 하나가 된 그 물질에서 완벽한 존재이며 순수한 '현자의 돌'이 생성된다는 것이었다. 그 '현자의 돌'에 의해서만이 모든 질료는 황금으로 변할 수 있고, 치유의 효과를 나타낸다고 했다.

무모해보이는 그 논리에서 니콜라는 어쩌면 그가 갈구했던 새로운 신학세계, 즉 신과 인간, 영과 육의 완벽한 결합을 찾아낼 수 있을지도 모른다는 희망을 갖게 된다.

민중들의 삶은 갈수록 피폐해졌다. 몇 해째 계속되는 냉해에 농작물은 병들거나 썩어갔다. 사람들은 하늘을 향해 불만을 터뜨렸고, 분노와 경멸의 눈빛을 던졌다. 급기야 수도사들의 탁발을 청빈이 아닌 게으름으로 보고, 무노동의 행위라며 냉소를 던지기에 이르렀으며 사제 유스타스의 타락을 대놓고 비웃었다.

어느 날 저녁 무렵 니콜라는 숲으로 들어가는 피에르를 발견하고 뒤를 밟게 된다. 그리고 뒤쫓아 들어간 동굴 속 석순에서 사람의 형상을 한 가공할 물체를 발견하고 경악한다. 그것은 바로 양성구유兩性俱有의 인간, 즉 제우스가 남녀로 갈라놓기 이전의 완전한 인간인 안드로규노스였다. 연금술 상의 '레비스', 즉 두 개체가 각각의 본질을 지닌 채 결합되어 있는 존재였다.

피에르는 안드로규노스를 애무한다. 순간 니콜라의 뇌리에는 자크가 들려준 마녀의식이 떠오른다. 하지만 피에르의 행동에는 그런 사악함이 아닌, 어떤 절대적 사랑 같은 것이 담겨 있었다. 그것을 그는 '언어의 가장 넓은 의미에서의 사랑, 주를 향한 숭고함과 창부들이 쓰는 하열함을 두루 품은 의미에서의 사랑'이라고 했다. 아가페와 에로스를 한데 아우른 사랑, 즉 육과 영이 합일된 완전한 사랑이었다.

마을은 걷잡을 수 없는 혼란에 빠져들기 시작한다. 역질이 만연하고 밤마다 쏟아지는 호우에 사람들은 두려움에 떨었다. 두려움은 급기야 하늘에 대한 불신과 분노로 바뀌면서 사람들에게서는 극단적인 두 모습이 나타나기 시작한다. 무질서한 쾌락 아니면 광신狂信에 빠지는 것이었다. 하지만 그런 극심한 혼돈 가운데도 아침이면 어김없이 피어오르는 무지개에서 니콜라는 신의 묵계 같은 것을 감지한다.

이윽고 안드로규노스가 동굴을 벗어나 마을에 모습을 드러내고, 하늘에서는 남녀의 형태를 한 두 거인의 교합이 이루어지면서 공포와 혼돈은 극에 달한다. 이단심문관 자크는 마녀로서의 조건을 완벽하게 갖추고 있는 안드로규노스를 체포하여 재판에 회부함으로써 모든 재앙의 원인을 그에게 돌리고자 한다.

자크의 의도대로 증오심에 불타오른 사람들은 안드로규노스에게 돌을 던지고 저주를 퍼부으며 그를 처형하고 나면 평안이 찾아올 것이라 믿는다. 그러나 안드로규노스의 순수한 눈빛과 그에게서 퍼져 나오는 그윽한 향기에 사람들은 순간 두려움을 느끼게 되고, 이에 당황한 자크는 서둘러 화형을 집행한다.

안드로규노스의 몸에 불길이 붙자 하늘에서는 엄청난 현상이 일어난다. 남녀 두 거인의 교합이 이루어지면서 굉음이 일고, 해가 달에 가리는 일식 현상이 나타난 것이다. 뒤를 이어 안드로규노스가 그 검은 태양을 향해 정액을 뿜어대었다. 그리고 그 정액은 다시 안드로규노스의 몸속으로 들어가 하나가 된다. 양과 음, 영과 육, 신과 인간의 합일이 이루어지는 순간이었다.

불길 속에서 안드로규노스의 몸은 '현자의 돌'로 변신한다. 죽음의 과정을 거치면서 모든 질료를 황금으로 변하게 할 수 있으며, 병든 인간의 육신과 영혼을 치유할 수 있는 '완벽한 존재'로 거듭 태어난 것이다. 그 순간 니콜라는 안드로규노스에게서 그리스도의 재림을

본다. 골고다의 수난을, 십자가의 처형을, 그리고 부활을……. 아니, 안드로규노스에게서 그 자신을 보았다.

"나는 수도자이며 또한 이단자였다. 남자이며 여자였다. 나는 안드로규노스이며 안드로규노스는 나였다."

그 순간 새로운 세계가 그 앞에 열린다.

"영은 육을 떠나려 할수록 점점 더 깊이 육의 깊숙한 곳으로 들어갔다. 나의 영은 육과 함께 승천하고, 육은 영과 함께 땅 깊은 곳으로 내려갔다. 육은 영과 융합하였다. (……) 나는 세계를 포옹하고 세계는 나를 감쌌다. (……) 세계가 없어지며 내가 있고, 내가 없어지며 세계가 있고, 둘 다를 잃으며 둘 다가 존재하였다. 오로지 단 하나로 존재하였다."

현자의 돌은 자크의 손안에서 으스러져 금빛가루가 되어 흩어져 버렸다. 그와 함께 새로운 세계도 사라져버렸다. 영과 육은 다시 두 개의 개체로 분리되어버렸다.

저자 히라노 게이치로가 이 소설의 배경으로 중세 말기의 유럽을 선택한 것은, 또한 영과 육, 즉 신과 인간의 합일을 일식과 그로테스크한 기적의 현상으로 해결할 수밖에 없었던 것은, 그 이원론적 대립이 종교와 시대와 지역을 망라하여 우리 인간의 영원한 화두가 되고 있기 때문이 아닐까.

'도그마가 붕괴되고 이데올로기가 힘을 잃어 이교도의 철학을 필요로 한다는 점에서, 현대와 중세 말기는 참으로 비슷한 정황이다'라고 한, 시인이자 평론가인 이케자와 나츠카의 말처럼, 요즘 세계는 총체적으로 난국에 처해 있는 것 같다. 종교를 빙자한 테러와 전쟁이 계속되고, 물질만능의 사조에 정신은 날로 황폐해지고 있다. '현자의 돌'은, 신과 인간, 영과 육의 합일은 정녕 환상에 불과한 것일까.

지상의 인간은 언젠가는 반드시 죽을 신이며, 천계의 신은 불사의 인간이노라.

『헤르메스 선집』의 한 구절을 되뇌어본다. 신과 인간은 결국 하나의 모습의 양면일 뿐이라는 얘기다. 문득 원효대사의 일심一心사상이 떠오른다.

마음의 핵심 아뢰야식阿賴耶識 **안에는 본시 부처가 될 요소인 무루종자**無漏種子**가 있다.**

인간은 누구나 불성佛性을 가지고 있으며, 마음의 근원을 회복하면 누구나 부처가 될 수 있다는 것이다.

니콜라가 기나긴 여정을 감내하며 얻고자 했던 새로운 신의 세계,

그 새로운 신의 세계로 인도하는 '현자의 돌'은 결국 그 자신 안에 있었던 것이다. 어쩌면 히라노 게이치로는 이 작품을 빌려, 모든 것이 하나에서 비롯되고 귀착됨을 일찌감치 터득한 동양사상의 우월성을 얘기하고 싶었던 것은 아닐까.

가문의 영광

어린 시절, 매달 보름날이면 치르던 행사가 있었다. 떠오르는 달을 보고 나는 “달님 달님, 저도 달님처럼 예쁘게 해주세요”를, 어머니는 “우리 딸 왕비 되게 해주소서”를 외며 비손을 하는 것이었다. 언제까지였는지는 잘 기억나지 않지만 그 행사는 꽤 오랫동안 계속되었던 것 같다.

지금이야 혼자서도 왕비 부럽지 않은 호사를 누리고 사는 싱글족, 소위 골드미스들이 많아졌지만, 당시만 해도 대학 진학의 목적이 시집 잘 가기 위해서라는 말이 있었을 만큼 여전히 여자의 행, 불행은 남자에게 달려 있다는 생각이 지배적이었다. 외모지상주의도 지금과 다름이 없는 터여서, 어머니의 비손에는 예뻐야 괜찮은 남자에게

간택될 확률이 높아질 것이고 그래야 왕비처럼 호강하고 살 수 있으리라는 계산이 담겨 있었을 것이다. 그 비손 덕분인지 생긴 건 그럭저럭 추함을 면했지만 왕비 팔자와는 사뭇 거리가 먼 행로를 걸어왔으니, 어머니의 지나친 욕심이 신의 노여움을 산 것이 아닌가 싶다.

어머니의 왕비 팔자 타령에는 나에게도 응분의 책임이 있었다. 얌전하고 온순한 데다 경제력을 가질 수 있는 약사 면허증까지 거머쥐었으니, '여자 팔자 뒤웅박 팔자' 되게 할 기찬 남자 만나 가문의 영광을 이룰 수 있으리라는 기대감을 안겨주기에 충분했던 것이다. 그런데 그 뒤웅박이 엎치락뒤치락하다 급기야 깨어져버리기까지 했으니 어머니의 상심이 오죽하였을까.

꺼져가던 불씨를 살린 것은 우연히 얻게 된 외국 유학의 기회였다. 어머니는 이번에는 딸자식 교수 되라 비손을 하였다. 약학 공부를 계속하였더라면 혹 그리 되었을지도 모르겠다. 뒤웅박이 다시 한 번 뒤집어질 수 있는 절호의 기회였다. 하지만 말 잘 듣던 딸자식은 느닷없이 고집을 피워 문학의 길로 들어섰고, 자연과학계 출신에게는, 더욱이 이국인에게는 벅찬 문과학부에서 고전을 면치 못하다가 결국 병을 얻어 귀국하고 말았다.

내 그릇의 크기를 알기에 나로서는 후회도 미련도 없었다. 그래서 한 겹 한 겹 양파 까기를 마치고 허탈해하는 어머니를 도리어 연민의 마음으로 바라보기까지 했다.

그러던 내가 요즘 들어서는 종종 왕비 팔자 되기에 적극적이지 못했던 것이 후회스러워지곤 한다. 심지 있는 남자 하나 골라 끈기 있게 살아볼 걸, 아니면 교수 되어 정계 진출 한 번 해볼 걸……. 누가 아는가, 대한민국 최초의 약사 출신 보건복지부 여자 장관이 탄생했을지? 요즘 국회에서 벌어지고 있는 장관 인사청문회를 보면서 든 소감이다.

정승, 판서가 어디 보통 가문의 영광이던가? 헌데 물망에 오른 사람들이 한사코, 한결같이 손사래를 치는 기현상이 지금 대한민국에서 벌어지고 있다. 그 이유가 삼고초려를 해야 할 만큼 겸양지덕을 지녀서거나 은자의 삶을 선호해서라면 나라의 홍복이라 하겠으나, 그게 아니다. 청문회를 거치면서 시시콜콜 드러나는 사생활이며 비리, 부정축재들로 망신살만 뻗치고 낙마하게 되는 경우가 대부분이니, 자칫 가문의 영광이 아니라 가문의 수치가 될까 염려되어 고사固辭를 하는 것이다. 그럴 바에야 웬만한 자리에 머물어 축재해놓은 부富로 품위 유지하며 사는 편이 오히려 가문을 보전하는 길이라는 생각이 들었을 것이다.

청문회에서 대두되는 부정不正에는 으레 대상자의 안주인이 등장한다. 투기와 청탁, 뇌물수수의 주범자로서다. 그 죄목에 대해 바깥양반들은 안사람의 짓이라며 모르쇠로 일관한다. 이 대목에서 나의 '오호 애재哀哉라!'가 등장하는 것이다. 어쩌다 교통법규를 위반하고는 차라리 자수하는 게 나을 만큼 좌불안석인 나 같은 사람을 안사람으로 두었더라면, 하는 탄식이 절로 나오는 것이다. '남자는 여자하기 나름'이라고 하니 남편 관리도 철저히 했을 터, 안팎이 무사통과하기는 따놓은 당상 아니겠는가? 왕비까지는 아니어도 정경부인, 정부인 되기 이리도 쉬운 것을…….

호통 치고 삿대질하는 이가 청백리였다면 통쾌하기나 하지. 뭐 묻은 개가 뭐 묻은 개 나무란다고, 입장을 바꿔놓고 보면 한 치도 다를 바 없는 이들에게 수모를 당하면서도 절절 매는 그들의 처지가 한심하고 우스꽝스럽기만 하다. 설령 통과된다 한들 만신창이 정승, 판서에게 과연 백성들은 얼마만큼 신뢰와 존경심을 가질 수 있을까?

인재 부족에 인선의 어려움까지 겹쳐 대한민국 정부는 목하 골다공증에 걸려 있는 중이다. 모르는 게 약이라고, 그럴 바에야 차라리 철면피들의 까발리기 쇼 공연장을 없애고 다만 정책이나 행정수행 능력을 검증하는 심의위원회를 구성하는 것이 어떨까 싶다. 혹여 이런 낯 뜨거운 장면들에 울분을 느끼거나 대한민국의 앞날이 염려되는 독지가가 있다면, 수신제가修身齊家 덕목이 필수과정으로 들어 있는 고급관료 양성전문학교라도 세워 싹수 있는 젊은이를 키워봄 직하다.

정치판을 이전투구泥田鬪狗라 했던가? 하긴, 까마귀 노는 골에 백로야 가지 말랬다고, 그 판에 뛰어들었으면 나도 머그 목욕을 즐겨하게 되었을지도 모를 일. 가문의 영광을 이루어 드리지 못해 부모님께는 송구하지만, 왕비 팔자 만들어주지 않으신 신께 감사 드려야 할 일 아닌가, 헛갈리는 요즈음이다.

발문

분별 너머의 심안으로

— 이혜연의 수필집 『시간의 길이』에 부쳐

맹난자/ 수필가

현대수필 100년, 그동안의 부단한 진화에도 불구하고 아직도 우리 수필 문단에 문학성과 철학성이 조화롭게 혼용된 작품이 보이지 않는다는 평론가들의 따끔한 지적이 있었다. 이를 어떻게 극복할 수 있을까? 문예비평가 G. 루카치에게 귀를 기울인다.

"다른 문학 장르와 글쓰기의 형식들이 포착하지 못하는 삶의 근원적인 문제들을 지성과 감성, 영성의 힘을 빌려 순결한 영혼의 목소리로 들려주라"(『영혼과 형식』)고 그는 충고한다. 삶의 근원적인 문제들 그리고 영성靈性이라니……? 그러나 다행히도 10년 만에 침묵을 깨고 나타난 이혜연 작가의 다음과 같은 작품을 만날 수 있었다.

누가 감히 시간의 얼굴을 보았을까?

역대의 수많은 철학자와 작가들이 그렇게 규명하려고 애쓴 그 '시간의 길이'를 그는 한순간에 보아버린 것이다.

"우렛소리가 들렸다. 파란 하늘을 가르며 제트기 한 대가 날아가고 있었다. 순식간에 비행기는 사라지고 하늘에는 하얀 구름 같은 한 줄기 궤적만이 남았다. (……) 아하 저것이로구나. 저것이 시간의 길이로구나."

직관이 포착해낸 놀라운 발상이 아닐 수 없다.

"비행기가 그리고 간 것은 '지금'이라는 순간들이었다. '지금'이라고 말하는 순간 사라져버린, 그 무수히 많은 '지금'이 만드는 시간이라는 것. 형태도 없는 그것이 내 눈앞에 버젓이 모습을 드러내고 있었다."

그렇다면 나를 스쳐간 '지금'의 길이는 얼마만큼인 것일까? "내 몸똥아리가 내 시간의 길이가 되는 셈일까?" 반문하는 저자에게 보르헤스는 이렇게 화답한다.

"시간은 나를 이루고 있는 본질이다. 시간은 강물이어서 나를 휩쓸어가지만 내가 바로 그 강江이다."

몸이 그대로 시간이고 지금의 내가 바로 그 시간이라는 것이다.

'시간이란 무엇인가'를 규명하던 아우구스티누스는 시간은 과거·현재·미래로 구분되는 것이 아니라 '현재'라는 형태로 존재한다고 언급한 바 있다. 『존재와 시간』에서 하이데거가 묻고 있는 것도 '현존재'이다. '현존재Dasein'를 직역하면 '거기에 있음'이다.

그러니까 이혜연 작가가 언급한 언젠가는 "내 몸과 함께 흔적도 없이 사라져버릴 나의 지난 '지금'들"이 현존재로서의 '시간'인 셈이다.

"비행운이 걷히자 파란 하늘이 천연덕스레 얼굴을 내밀었다. 무슨 일이 있었냐는 듯. '지금'의 흔적, 시간의 실체를 한순간의 꿈처럼 잠깐 보았다."

끝 구절에서는 소름이 돋았다. 대상(시간)과 마주친 짧은 순간에 일어난 영적靈的 스파크. 불과 원고지 2장에 가두어버린 시간의 데스

마스크. 이성으로는 설명하기 어려운, 초월적이며 창의적인 직관이 아니고서는 가능한 일이 아니지 싶다.

이혜연 작가는 백거이의 글 「비파행」을 빌려와 "무성無聲이 유성有聲을 이긴다"며 '없음의 힘'을 다시 천착한다.

당나라 시인 백거이는 심양강가에서 홀연히 비파 소리를 듣게 되는데 연주 소리는 봄날의 꾀꼬리 소리처럼 매끄러운가 하면 얼음 밑을 흐르는 여울물 소리인 듯 그윽하더니 갑자기 물이 얼어붙어 흐름을 멈추듯 현이 한데 엉키며, 소리가 뚝 끊어졌다. 그런데 어쩐 일인가. 시인은 그 소리 없음에서 여인의 슬픈 이야기를 듣게 되는 것이다. 장안에서 손꼽히던 기녀는 늙어 영락한 몸으로 자신의 심경을 묵음默音으로 표현했던 것. 이때 백거이는 "소리 없음이 소리 있음을 능가한다此是無聲勝有聲"고 적었다.

「없음의 힘」에서 이혜연 작가가 제시한 두 가지 예화 중 다른 하나.

운보 김기창의 그림 〈새벽 종소리〉에는 종鐘이 보이지 않았다. 그가 그린 그림에는 마당을 쓸고 있는 노스님과 암자 한 채, 그리고 삼층석탑뿐이다. 그런데 그 그림에서 종소리가 났다. 소리 없음[無聲]에서 종소리를 복원해낸 그 '없음의 힘'을 작가는 놓치고 싶지 않았던 것이리라.

왜 소리 없음[無聲]이 소리 있음[有聲]을 이길 수 있는가?

무無는 유有의 근본이기 때문이다. 노자가 말하듯,

"천하만물은 유에서 생겨나고 유는 무에서 생겨났다天下萬物 生於有有生於無." 유와 무는 서로를 생겨나게 한다.

이때의 무無는 자연이다. 이것을 노자는 '도법자연道法自然'이라고 하였다. 자연은 말이 없다. 왜냐하면 고요한 것이 자연의 본 모습[希言自然]이기 때문이다.

도는 현상의 뒤에 숨겨져 있어 볼 수도 들을 수도 없다. 다만 그것은 작용에 의해 나타날 뿐이다. 그런데 백거이는 비파 소리가 없는데도 그 묵음默音에서 소리를 듣고, 귀머거리 화가 김기창은 종鐘 없는 암자에서 '새벽 종소리'를 듣는다. 왜 그런 일이 가능할까? 그것은 그들이 유무有無에 걸리지 않았기 때문이다.

침묵은 말 없는 자연과의 합일이다. 이때 이들의 마음에는 자연화가 이루어지고 자아는 곧 무아無我로 환원되어 침묵에서 소리를 들을 수 있었다.

선가禪家에서도 무현금無絃琴을 높이 치는 까닭은 줄이 없는 거문고의 유성무성의 사량분별을 초월한 그 경지를 높이 평가하기 때문이다.

현상[有] 뒤에 숨겨진 본질[無]을 짚어내는 이혜연 작가의 놀라운 통찰력과 분별 너머의 심안心眼을 읽을 수 있었다.

사실 좋은 작품이란 인간의 삶과 현실에 머무르지 아니하고 그 현상 너머의 이면에 숨어 있는 본질적 의미를 추적하는 데 있지 않을까 싶다.

"나는 나 자신을 탐구한다"는 그리스의 철학자 헤라클레이토스처럼 혹은 몽테뉴의 말처럼, 이혜연의 수필은 나를 소재로 한 자아성찰과 탐구정신으로 이어진다. '탐구'란 왜 그러한가를 자세히 묻고 끝까지 파고 들어가는 철학정신과 연계된다.

「마논 트로포Ma Non Tropo」는 음악 용어로 '그러나 지나치지 않게'라는 뜻이다. 한 주걱이면 적당한 것을 체중을 되찾고 싶어 반 주걱을 더 넣었다가 도리어 탈이 나서 체중의 손실을 불러왔다는 '밥 반 주걱'으로 절제의 도, 시중時中, 또는 과유불급이라는 철학적 명제를 풀어낸다. 사소한 우리 일상에서 풀어내는 문제의식, 깊은 통찰 이런 것이 철학수필의 단초가 아닐까 한다.

「다시 생각하기」에서는 시간은 우리 모두를 쓰레기로 만든다 쓰레기에 꿈이 있다면 재활용되기보다는 아주 잘 썩어 거름이 되는 일이 아닐까? 하고 섭심내조攝心內照로써 마음을 거두어 안을 밝힌다.

「미끼」에서는 장마가 끝나자 기승을 부리는 매미의 울음소리, 그것을 미끼로 자기를 보아달라고 아우성치는 매미를 보며 "미끼라곤 글쓰기가 유일한 지금의 나, 어쭙잖은 글로 나를 알아달라고 기를 쓰고 있는 모양새가 매미와 흡사하다"며 자신의 글쓰기가 공해가 되는 것은 아닌지 자기비판적 점검으로 이어진다.

이와 같이 그의 글 대부분은 수필의 본령인 깊은 사유와 성찰을 기조로 하고 있다. 한편 나이 들어 몸이 퇴화하는 것도 거꾸로 '진화'라고 본 그는 「역逆진화」에서 이렇게 말하고 있다.

"나이를 망각하고 경거망동할까 봐 몸이 진화하면 (……) 마음도 거기에 부응해 진화를 거듭함으로써 불상사를 예방하고 무無로 돌아가는 길을 수월하게 열어주는 것이 아닐까."

식탁 위 벽에 써 붙인 '소사보진少思保眞'이라는 글귀를 마주하며 나를 꾸몄던 치장을 내려놓고 소사少思로서 생각도 걷어내고 본래의 '나'에 가까워지려 노력하며 오늘도 나는 진화를 거듭하고 있다는 이혜연 작가. “아니 진화를 하고 있다고 나를 달랜다”는 그의 그 역발상적 발언이 존재에 대한 각성을 흔들어 깨운다.

나이 든다는 것, 그것은 그저 늙는 게 아니라 ‘지혜로워진다’는 것을 뜻한다. 10년 만에 상재된 이혜연의 수필집 『시간의 길이』가 그것을 증명한다. 그에게 무한박수를 보내며 무無로 돌아가려고 애쓴다는 그의 의지에 마음을 합한다. 무無는 유有의 근본임을 잊지 않으면서.

이 책에서도 작가는 그것을 조용히 말하고 있지 않은가.

2017년 小滿節에

觀如 孟蘭子識

이혜연 수필집
시간의 길이

지은이_ 이혜연
펴낸이_ 조현석
펴낸곳_ 북인
디자인_ 푸른영토

1판 1쇄_ 2017년 08월 31일
출판등록번호_ 313 - 2004 - 000111
주소_ 121 - 842 서울 마포구 서교동 467 - 4, 301호
전화_ 02 - 323 - 7767
팩스_ 02 - 323 - 7845

ISBN 979-11-87413-19-6 03810

책값은 뒤표지에 있습니다.
저자와 협의 아래 인지를 생략합니다.